家守神 3

金色之爪與校園怪談

家守神③金色の爪と七不思議

扇柳智賀【著】
富井雅子【繪】
緋華璃【譯】

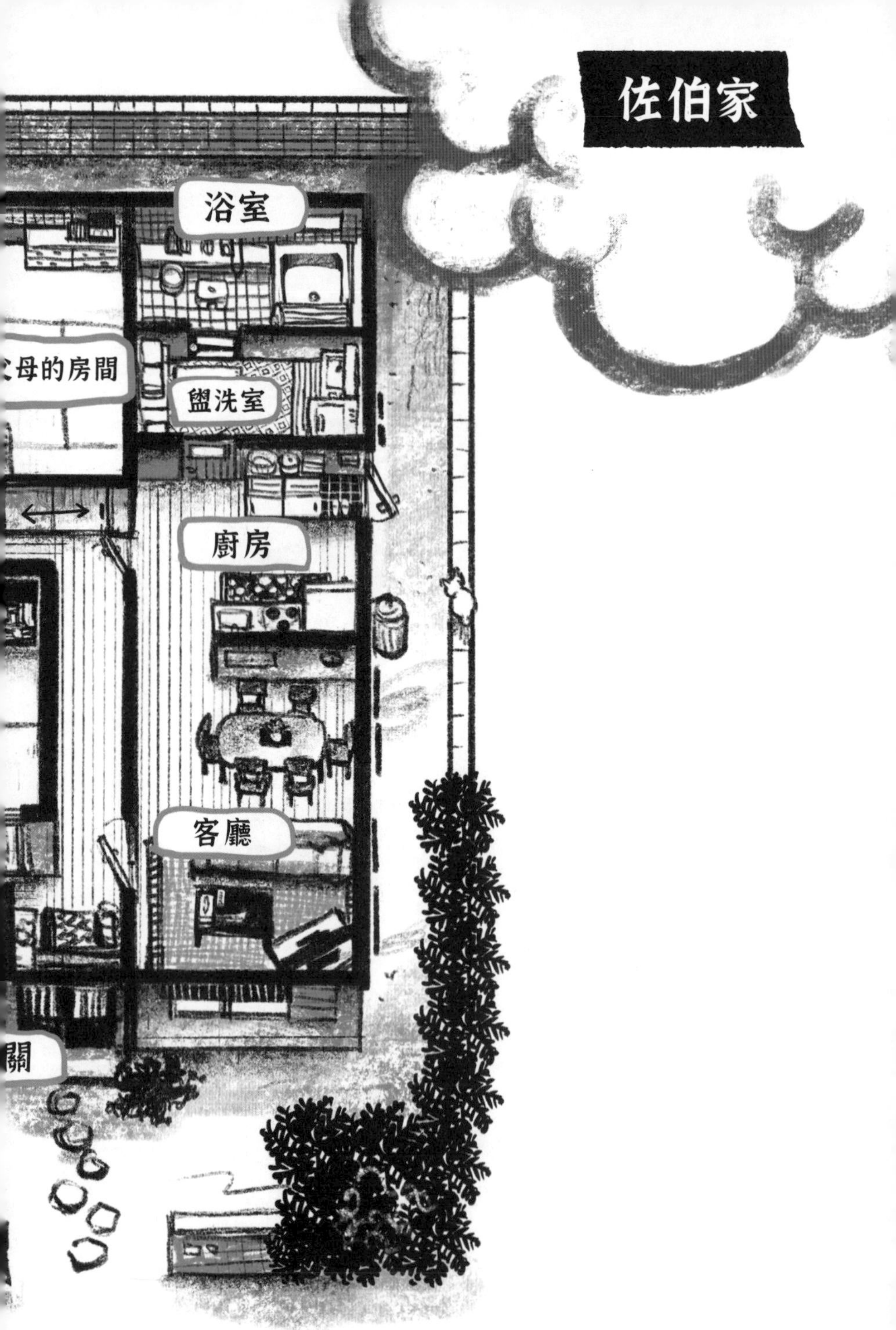
佐伯家
浴室
父母的房間
盥洗室
廚房
客廳
關

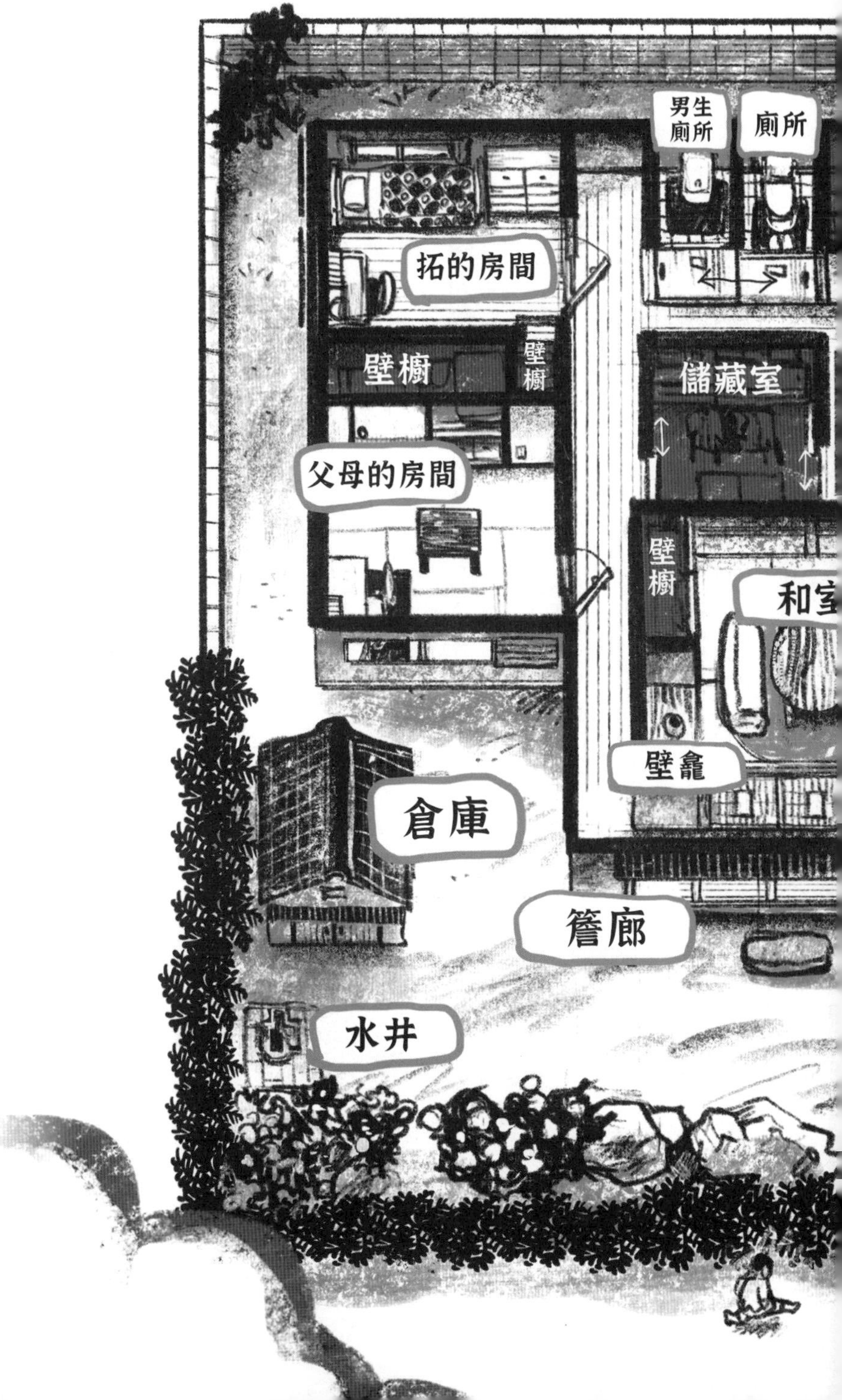
男生廁所
廁所
拓的房間
壁櫥
壁櫥
儲藏室
父母的房間
壁櫥
和室
壁龕
倉庫
簷廊
水井

目次

前情提要

我是拓，因為媽媽再婚而搬到舊城區的老房子「佐伯家」。佐伯家居然潛藏著已經守護那個家一百年的「家守神」，他們是不可思議的存在！暑假的時候，因為封印在院子倉庫裡的另一位家守神「蝴蝶姑娘」的詛咒，佐伯家發生了很多事，但是結合家守神與朋友們的力量，終於成功挽回以前伙伴的心。

馬上就要進入下學期了，但願別再發生任何奇奇怪怪的事了……

這個世界上有很多妖怪、幽靈等一般人看不見的東西。我從小就能感受到那些東西的存在。不過，再怎麼張大眼睛注意看，也看不見他們的形體，頂多只能想像。

如果我可以看得見他們，一定能記錄得更清楚，寫出讓世人為之讚嘆的小說。

我想親眼看見他們，想聽見他們的聲音，這是我畢生的心願。

《面妖的日常》三枝面妖／著

第1章 製造「雲」

「拓，今天是暑假的最後一天呢！」

全家人一起吃早飯時，爺爺看著我說。

我愣了一下，真是那壺不開提那壺……我的內心冷汗直流。

「今年夏天跟小拓去了好多地方，好開心啊！」

奶奶對我微微一笑，我卻更加坐立難安。

「對、對呀！我也很開心。」

我忍不住避開奶奶的視線。

暑假前不久，媽媽再婚了，帶著我搬到位於東京舊城區的佐伯家，我們與父親、爺爺奶奶成為新的家人，大家都是好人，我和媽媽已經完全融入這個家了。

「拓剛轉學過來就放暑假了，所以，接下來才要真正適應新的學校呢！」父親鼓勵我。

我就讀「榮小」——榮第一小學，而父親在另一所小學當老師，大概是希望我能早點適應新轉入的學校。

「暑假作業應該都做完了吧！」

媽媽開門見山的切入我最不想提到的部分。

「啊，嗯……」

果然還是提到這件事了……有沒有什麼辦法可以矇混過關呢？我咕嚕咕嚕的喝下杯子裡的麥茶。

「怎麼了？你可別告訴我暑假作業還沒做完。」

媽媽放下手中的筷子質問我。

媽媽是護士，每天上班的時間不一樣，有時候要值夜班，今天則是跟忙著準備新學期的父親一起上早班。

看見我答不出來，這次換爺爺一臉震驚的說：

「還剩什麼作業沒做？」

「小拓，你早就做完了吧？昨天和前天不是都一直關在房間裡埋頭苦幹嗎？」奶奶小心翼翼的問。

「那、那個，習作都已經做完了……但是自由研究還沒做。」

我支支吾吾的從實招來，全家人都目瞪口呆的看著我。

因為暑假發生很多事，根本沒時間寫作業嘛！可是又不能告訴他們實情……其實我有說不出口的苦衷。

爺爺「啪！」的一聲放下碗筷，往後推開椅子站起來，走到客廳的矮桌前，打開筆電開始查資料。

「拓，找到了！一天就能完成的自由研究！你來看。」

我走到爺爺旁邊，探頭看著電腦螢幕。

「即使已經是暑假的最後一天也來得及！一天就能完成的自由研究」——簡直是為現在的我量身打造的網站。網站有各種琳瑯滿目的主題，例如利用庭院的花草做實驗，或是利用麵粉、牛奶盒，以及家裡現有的工具，就能做的勞作等。

「爸，你太寵拓了！以前我小學的時候，你明明很嚴格的叫我自己做作業！」

父親傻眼的抱怨，端著吃完的餐具，離開餐桌。

「拓，你要做哪個？爺爺幫你。」爺爺自告奮勇的說。

可是我記得今天……

「老公，你在說什麼呀！我們馬上就得出門了。」

看吧，果然被奶奶罵了。爺爺奶奶今天要參加山梨縣的巴士之旅一日遊。他們一直很期待能去採葡萄，應該沒時間跟我一起做功課。

「公公，請別太寵拓。拓，今天你一個人待在家裡，所以一定要在大家回來前完成。」

媽媽嚴厲的瞪了我一眼，好可怕……

如果真的只有我一個人在家，確實能專心完成自由研究沒錯，但問題是，事實並非如此。

在這個家裡，每次只剩下我一個人時，媽媽他們看不見的那群人一定會出現。

可是這種事又不能當著大家的面前說。

「好的！我一定會完成！」我只能這麼回答。

我從爺爺幫我搜尋到的網站上選了「製造雲」的實驗，印出作法。

如此這般，送走為我擔心的家人，暑假的最後一天開始了。

除了我以外，家人全部出門後，家裡靜悄悄的，想也知道，家裡只剩下我一個人……才怪！

我在廚房裡找齊自由研究需要的東西，盡可能不要發出腳步聲，躡手躡腳的回到自己的房間。

來吧，開始動手做吧！

正當我想再檢查一次步驟的瞬間……一個人影無聲無息的從我背後冒出來。嗯，已經很習慣了，根本不會大吃一驚。

「小拓，今天要玩什麼？」

穿著紅色和服的小女孩笑容滿面，仰頭看著我，這孩子的身體其實是半透明的……沒錯，半透明。

「金魚小妹，今天不能陪妳玩了，我要寫作業。」

我狠下心拒絕她，這孩子是守護這個家的付喪神「家守神」之一。所謂「付喪神」，是指靈魂寄宿在經歷上百年歲月的陳舊物品上的一種妖怪，佐伯家住了五位付喪神。

他們的真身是由一位名叫信山勘兵衛的畫師所繪製的物品，後來由佐伯家的祖先從各地蒐集回來，受到祖先們的愛護，變成「家守神」，一直保護著這個家。

可是不曉得為什麼，只有我看得見他們，所以每當我一個人看家時，他們都會大搖大擺的出現在我面前。

金魚小妹是古老畫軸的付喪神，平時掛在壁龕裡，會以描繪在畫

軸上的金魚模樣跑出來，也能像現在這樣變成小女孩。

「為什麼不能陪我玩？別這麼冷淡，一起玩嘛！」

真是傷腦筋！我拿金魚小妹這種可愛的方言最沒轍了。金魚小妹以前曾經落入秋田的大人物手中，住在城堡裡，所以會說東北腔。

「金魚小妹，拓說他要寫作業，妳不要胡攪蠻纏。」

冷不防，這次是另一位比我稍微大一點的女生，穿過門進來。

這位是蝴蝶姑娘，穿著綠色與藍色交織而成的和服，氣質非常優雅。她是老茶壺的付喪神，以描繪在茶壺表面的蝴蝶姿態翩翩飛舞時，閃閃動人，美極了。

金魚小妹嘟著嘴巴，用楚楚可憐的眼神看著我。

「抱歉啊！金魚小妹。」

我稍微蹲低了身子，伸手拍了拍金魚小妹的頭。家守神沒有身體，所以就算我看得見他們，也摸不到他們。

「嗚嗚——」

金魚小妹淚眼汪汪，真是拿她沒辦法。

「啊！既然金魚小妹也來幫忙了，我們就去『和室』做吧！」我忍不住脫口而出。

話還沒說完，金魚小妹瞬間流露出興奮的表情。

「那先借我你的衣服。」

完蛋了！金魚小妹突然變得充滿幹勁。既然是我說要請她幫忙的，只好乖乖從衣櫃裡拿出上衣和短褲，我走出房間，金魚小妹和蝴蝶姑娘足不點地的跟著我。

一行人安安靜靜的經過走廊，進入面向庭院的簷廊，這間「和室」是家守神的家，與庭院隔著緊閉的拉門。

推開拉門，其他家守神立刻迎來。

梳著日式髮髻、穿著和服的女人，從花瓶上的紫藤花圖案裡跑出來，描繪在壁櫥紙門上的鶴與龜也化身為兩個男人，他們分別是阿藤小姐、鶴吉先生和龜吉先生。

阿藤小姐和鶴吉先生、金魚小妹一樣，身體都是半透明的，唯有穿著甚兵衛的龜吉先生，連我都能看得一清二楚。事實上，只有龜吉先生離開紙門的圖案時，能跟平常的人類一樣擁有實體。

他身上的甚兵衛是佐伯家的祖先，佐太吉穿過的衣服，自從佐太吉把脫下來的甚兵衛，放在紙門上的烏龜圖案前，龜吉先生就能跟平常人一樣摸得到東西，也能被其他人看見。

據我所知，龜吉先生以外的家守神，也能藉由把佐伯家人的衣服披在本體上來得到「實體」。只不過，不能讓別人知道他們的存在，所以家裡有其他人在的時候，他們很少實體化。

我把自己帶來的衣服放在畫軸旁，如此一來，衣服就像是被吸進畫軸裡似的消失了，一旁原本半透明的金魚小妹，則變成上衣搭配短褲的打扮，露出輪廓分明的實體。

至於原本穿在她身上的紅色和服，則出現在畫軸下方，像是剛脫下來似的。

「哦，金魚，妳很有幹勁呢！」

「好吵啊！又在做什麼了？」

鶴吉先生和阿藤小姐調侃我們。

「要完成剩下的作業吧？小少爺一整個暑假都很忙嘛！」

龜吉先生替我說話。

沒錯！暑假發生了好多事……

蝴蝶姑娘一聲不吭的站在一旁，我偷偷瞥了她一眼。

事實上，蝴蝶姑娘曾被封印在佐伯家的倉庫裡好幾十年，距今九十年前，蝴蝶姑娘的本體，也就是茶壺，因壺嘴缺了一角，邪氣從那裡入侵，放著不管的話，可能會為佐伯家帶來災禍，毀滅佐伯家，所以阿藤小姐等家守神不得不將蝴蝶姑娘關進葛籠，加以封印。剛放暑假的時候，我不小心打開了那個葛籠，放出已經被邪氣取而代之的蝴蝶姑娘……

後來真是弄得大家人仰馬翻，幸虧在朋友風花及平井，還有在座的家守神們同心協力下，一切終於恢復正常。

話說回來，當時受到邪氣入侵的蝴蝶姑娘好可怕啊！光是想起來，就不由得瑟瑟發抖。

「咦，拓，你怎麼了？」蝴蝶姑娘一頭霧水的看著我說。

如今邪氣已完全散去，變成落落大方的好姑娘。

鶴吉先生在旁邊不懷好意的笑著。

「這兩天拓非常努力的在書桌前趕工，之前完全把功課拋到一邊，一天到晚跟雄吉、宏子他們出門，還去什麼『晴空塔』，現在終於要還之前欠下的債了。」

他口中的雄吉是爺爺的名字，宏子是奶奶的名字。

鶴吉先生的口氣有點壞心眼，但我聽得出來，他其實很高興我能受到這家人的寵愛。

蝴蝶姑娘的風波告一段落後，我和爺爺奶奶到處去遊玩，逛東京老街，等我反應過來，已經過了中元節，後來每當家人不在，家守神就會跑出來要我陪他們玩，所以暑假一眨眼就結束了。

「總而言之，必須趕快搞定自由研究才行！來製造『雲』吧！」

「雲？雲是指那個嗎？那個可以做得出來嗎？」

金魚小妹指向立在和室後面的枕屏風，這座屏風也和家守神一樣，出自畫師勘兵衛之手，美不勝收的漸層綠色群山上方，孤零零的飄著一朵雲。

這座屏風的雲，跟我在壁櫥發現的老相簿裡的照片一樣，一下子是四朵雲，一下子是三朵雲，數量變來變去，令我非常在意。

我之所以會選擇「製造雲」的自由研究，其實也是因為腦子裡一直記掛著屏風上的雲。

「嗯，總之先試著做做看吧！」

我按照爺爺幫我印出來的步驟，開始進行製造雲的實驗，先到廚房倒一些熱水到寶特瓶裡，接著拿進和室，再從佛壇借來線香，點火，把線香放進寶特瓶五秒後拿出，很好！接下來只要蓋上蓋子，用手加壓就行了。當水蒸氣遇冷凝成細水滴，而懸浮在空中的聚合體就是「雲」。

家守神們目不轉睛的盯著我的手。

我用雙手抓著寶特瓶，然後用力擠壓，開始出現白白的東西，實驗成功了！

「所以呢？人家要做什麼？」

慘了，實驗比我想像的還要簡單，金魚小妹好不容易實體化，卻英雄無用武之地。

「啊！對了，妳幫我拍照吧！」

我把相機交給金魚小妹，請她拍下我用力擠壓寶特瓶的樣子。

「是按這裡嗎？小拓，我要拍了！」

只需按下快門即可，但金魚小妹似乎很緊張。

「嚓嚓！」順利的拍下照片，實驗大功告成。接下來，只要整理成筆記就行了。

「一點也不難嘛！」

「嗯，接下來就看筆記整理得好不好了，我會努力的。」

或許是比想像中簡單太多，家守神似乎都失去興致，各自回到自己的本體，紫藤花、蝴蝶、鶴與龜的圖案，分別回到剛才都還是素色的花瓶、茶壺、紙門上。

真是一群任性的傢伙！我嘆了口氣，收拾乾淨，正要回自己的房間時，發現只剩金魚小妹還獨自留在和室。

「人家也好想去學校啊！」

金魚小妹托著下巴說。

「因為從明天開始，小拓就經常不在家了。」

金魚小妹說完，主動將自己的和服蓋在畫軸上，換裝完畢後，就像金魚躍入水中似的發出「撲通」一聲，跳進畫軸的圖案裡，和室的地板殘留著淡淡的水漬，慢慢的消失不見。

金魚小妹如果是人類，應該是小學低年級吧！我可以理解她想去上學的心情，我撿起她換下的衣服，凝視水漬逐漸消失的地方，若有所思。

第2章

七大不可思議怪談？

順利的（？）完成暑假作業，下學期開始了。

上學期剛轉來榮小五年二班時，我的座位在窗戶旁邊。我也因此和坐在隔壁的「妖怪迷」雨宮風花、坐我前面的平井新之介變成朋友。

下學期一開始就換了座位，我換到靠走廊的第二排。新座位旁邊的同學是前田琴美，上學期她坐在我的斜前方。她跟其他女生一起說風花的壞話，一下子批評她「陰沉」，一下子說她「頭髮總是亂得跟稻草一樣」，我不太喜歡她。

風花這次坐在我後面，平井則獨自坐在窗邊的座位。

「唉……難道只有我離不開窗邊嗎？不過，坐在窗邊至少摸不著邊，不會闖禍就是了。」

平井還是老樣子，說著冷到不行的冷笑話，但是大家都知道，他其實很不甘心。平井喜歡從幼兒園就一起長大的風花，這件事在班上早已是公開的祕密。

「靠走廊跑得快嗎？」

平井經常跑來問我這個問題，真是不死心的傢伙。

在那之後，又過了一段時間。某天，我們在二樓的家政教室上完課，正要回三樓的班上時……

咦？

有隻藍色蝴蝶輕盈的飛了過來。

大家都沒有注意到這隻蝴蝶，繼續上樓，不是沒注意到，而是看不見。

因為這是一隻半透明的蝴蝶。看在我眼中是半透明的蝴蝶，這表示在其他人眼中肯定是透明的蝴蝶。

剛才那是蝴蝶姑娘嗎？我心想。

佐伯家的家守神似乎各有做得到的事，與做不到的事。

「移動範圍」便是其中之一。鶴吉先生變成鶴的模樣時，可以飛到很遠的地方。龜吉先生變成烏龜時雖然動作很慢，但只要幻化成人形，就能出遠門。相反的，阿藤小姐和金魚小妹如果不實體化，就無法離開本體太遠。

蝴蝶姑娘不像鶴吉先生能出遠門，但經常以蝴蝶的姿態在鎮上飛來飛去。

所以今天終於飛來學校

了嗎？只有我看得見的話倒也無妨……

我想著這件事，走進教室。

「這是怎麼回事？」

耳邊傳來尖銳的叫聲，我不禁停下腳步，坐我隔壁的前田同學指著課桌，呆若木雞的站著。

「哇！」

不看不知道，一看嚇一跳。

前田同學的課桌上有幾道細細的刮痕，像是用叉子用力刮出來的痕跡，長約十公分左右。

「前田同學，怎麼會這樣？」

「這一定是有人惡作劇！」

班上同學都看著前田同學。

「好過分啊！我們班會有人做這種事嗎？」

「說不定是別班的傢伙做的。」

大家七嘴八舌的發表意見，這時候，風花突然喃喃自語的說：

「我感覺學校裡好像有什麼東西……」

風花摘下眼鏡，聚精會神的看著桌上的刮痕。

這是風花察覺到肉眼看不見的東西時，必定會有的招牌動作。風花雖然不像我具有看得見的能力，卻能「感應」到異樣的存在。

「風花同學，妳這是什麼意思？總是說些莫名其妙的話！妳說的什麼東西到底是什麼？」

前田同學激動的對風花咆哮，隨即露出恍然大悟的表情。

「這麼說來，剛才去家政教室上課的時候，我走出教室，

回頭一看，只有妳還在座位上畫畫……風花，妳是最後一個離開教室的人吧？」

這句話的意思好像在說：「是風花破壞她的課桌」。

話不能這麼說吧？

可是，風花卻對前田同學不懷好意的指控左耳進右耳出，自顧自的陷入沉思。

像這種時候，如果是以前的我，一定什麼話也不敢說。

可是，現在不一樣了！風花才不會做這麼過分的事，如果不解釋清楚……

「先別這麼快下定論……」

「我說的都是事實。」

結果被輕易的反擊回來。

「好了，到此為止，你們先冷靜一下。」

回過神來，平井迅速的擠進前田同學與風花中間，平井這點真的好厲害。

「說不定是妖怪做的好事。」

「什麼？你在說什麼？」

前田同學逼問平井。

「學校不是都有『怪談』嗎？所以這所學校就算有會隱身術的妖怪，也不奇怪吧！我來呼叫看看。喂，妖怪！你有什麼事嗎？」

那一瞬間，平井看起來非常帥氣，但因為又說了無聊透頂的冷笑話，一下子就變得不帥了。

但是我很清楚，這是平井保護風花的方法。平井既沒有「看得見」也沒有能「感應」的力量，但他相信那種東西的存在。

「平井，你不要搗亂。」

話雖如此，平井的心意及冷笑話對前田同學並不管用，只見前田同學用冰冷到極點的眼神瞪著平井。

這時，有個男同學輕聲的說：「這是有可能的！不是有人聽見理化教室發出『咯咯咯』的笑聲嗎？大家都說那是人體模型在笑。」

「理化教室有很多雜物嘛！那也有可能是老鼠跑出來，撞到東西的聲音。」

前田同學條理分明的予以反駁，看來她是那種不相信妖怪或幽靈的人。是說如果這所學校有老鼠出沒，也挺討厭的。

聽她這麼一說，同學們開始議論紛紛。

「這麼說來，上週某天晚上，我和家人出去吃飯，回家路上經過學校旁邊，發現有個發光的物體在操場晃來晃去，明明沒有人拿手電

筒，那束光卻時而飛向空中，時而爬到樹上，最後消失在校舍裡，現在回想起來，那該不會是鬼火吧……」

「我我我，我也聽說過！我哥的朋友說他有次回學校拿東西時，聽見體育館傳來聲音。那時他心想，誰這麼晚還不回家？走過去一看，發現體育館裡明明沒有半個人，球卻自己在地上彈來彈去……」

「還有還有，音樂教室不是有一整排作曲家的肖像畫嗎？昨天的上課時發現少了一幅畫！聽說老師前一天離開音樂教室時都還好好的，第二天打開門一看，發現舒伯特的畫破掉了！自從下學期開始，已經發生過好幾次類似的事了。問題是呀……只要過了幾天，畫又會恢復原狀！而且出狀況的都是舒伯特的畫，很不可思議吧！」

大家爭先恐後的說起自己的體驗或聽到的故事。

「這難道是……學校的七大不可思議怪談？」

「啊！」

不知是誰先起的頭，引起幾個女同學大聲尖叫起來。

「不到七個吧！我想想，會笑的人體模型、操場上的鬼火、在無人體育館彈跳的球、破掉的肖像畫……就算再加上前田課桌的刮痕，也只有五個。既然如此，來找出剩下的兩個吧！」

平井扳著手指數數，然後舉起拳頭說。

不料前田同學「砰！」的一聲拍打桌子，彷彿是要打斷截至目前的各種意見。

「有完沒完啊！現在是在討論誰把我的桌子弄成這樣吧？這絕對是某人的惡作劇，不要跟靈異現象混為一談。」

這時，上課鐘響起。前田同學心不甘情不願的閉上嘴巴，圍觀的同學們也趕緊回到自己的座位。

嗯，第三堂課是國語課吧！

我拿出課本的同時，背後傳來風花的喃喃自語。

「又來了！有什麼……在教室裡。」

回頭一看，風花正摘下眼鏡環顧教室，也就是說，她現在正感應到什麼，我順著她的視線看過去。

啊，是蝴蝶！有隻半透明的蝴蝶在教室裡飛舞——是蝴蝶姑娘！

全班同學都回到座位了，不過今天有人感冒請假，沒來上課，那個人的座位是靠窗的最後一個位置，蝴蝶翩然降落在那張桌子上，然後幻化成身穿和服的少女。

「小拓，是不是有什麼東西在那裡？」

風花從後面問我。

「嗯，是蝴蝶姑娘。」

我回頭小聲的回答。

我又偷偷瞄了窗邊一眼，只見蝴蝶姑娘跪坐在桌上，活像一尊巨大的擺設。

這時，班導楠老師走進教室，前田同學立刻站起來。

「老師，妳看。」

前田同學指著自己的桌子說道。

老師看到前田同學的桌子，發出驚訝的叫聲：「哎呀。」

「很可惡吧！老師，請您幫忙找出犯人。」

「琴美同學，妳先冷靜下來。」

「我怎麼冷靜得下來！做出這種事的人就在學校裡！」

「老師，平井同學說是妖怪搞的鬼。」一位男同學打小報告。

「妖怪？是嗎？」

老師有一瞬間露出深感興趣的表情，可是隨即

板起一張臉，看著前田同學。

「老師明白琴美同學感到不安的心情，不過也可能是不小心刮傷的。馬上認定是有人惡作劇，我認為還太早了！老師接下來也會格外注意的，開始上課吧……咦？」

老師站在黑板前，往教室裡看了一圈，突然，她的視線集中到教室的後方……她看著蝴蝶姑娘的方向，接著卻馬上什麼事也沒發生過似的開始上課。

「今天要講第三十四頁，同學們打起精神，大聲朗誦吧！」

剛才那是怎麼回事……老師明明看不見蝴蝶姑娘，我卻莫名感到一陣緊張。

到了下課時間，我不動聲色的走到蝴蝶姑娘旁邊，若無其事的約她說話。楠老師剛好走出教室，我感覺到她似乎看了我一眼，但我現在要先找蝴蝶姑娘問清楚。

走到三樓角落的圖書室前，我問蝴蝶姑娘：

「蝴蝶姑娘，妳突然跑來學校做什麼？」

「當然是來上學啊！」

蝴蝶姑娘輕描淡寫的回答我。

「我不是沉睡了好幾十年嗎？醒來後，發現這個世界跟以前完全不一樣了，非常不方便。金魚小妹還嘲笑我：『妳沒看過電視嗎？嘿嘿，讓我來教妳吧！』那個金魚小妹喔，真是氣死我了。所以為了獲得新知識，我趁家人不在的時候到處飛，發現來學校學習是個好方法。反正除了你以外，沒人看得見我，我不會妨礙到任何人的。」

「可、可是……」

話雖如此，但蝴蝶姑娘離開茶壺的此時此刻，蝴蝶圖案就會從茶壺表面消失，變成一片空白，這樣不怕被奶奶發現嗎？

「剛才大家念的故事真是太令人感動了！」

也不管我有多擔心，蝴蝶姑娘雙手放在胸前，陶醉的說。
顯然蝴蝶姑娘是真的有專心聽講，反正又不會給任何人添麻煩，想學習的心情也很了不起。

「好吧！可是請妳至少正常的坐在椅子上。」

「沒問題！既然如此，那也請你幫我把椅子稍微拉開一點。」

我同意她來學校了。傷腦筋，我果然很難拒絕家守神的要求。

「蝴蝶姑娘在那裡嗎？」

哇！風花無聲無息的從背後冒出來。對了，她循著氣息找過來了。
我向風花說明蝴蝶姑娘來學校的理由。

「自己主動想學習啊！蝴蝶姑娘真了不起。」

風花的讚美令蝴蝶姑娘笑逐顏開，可惜風花看不見蝴蝶姑娘高興的表情。

「好羨慕小拓看得見啊！」風花在回教室的走廊上說道。

風花比任何人都喜歡妖怪，從小就會把感應到的氛圍畫下來。她畫的圖實在太恐怖了，因此還被班上同學視為「妖怪迷」，對她敬而遠之，但她本人似乎並不在意，總是很開朗的告訴我關於妖怪的各種事情。

回到教室，我依照蝴蝶姑娘剛才的吩咐，把椅子從靠窗的課桌稍微拉出來一點，再回到自己的座位。蝴蝶姑娘這次總算乖乖的坐在椅子上了，但她沒有實體，所以只是稍微靠在椅子上。

後來我仍不時觀察她的反應，蝴蝶姑娘始終非常專心的上課。下課鐘響的同時，她也變回蝴蝶的模樣，輕盈的從窗戶飛了出去。

第3章 ❖ 亞由美也看得見？

「那個傢伙果然很可疑。」

「居然說是妖怪搞的鬼。」

放學後，幾個女生圍著前田同學，一邊偷瞄風花，一邊竊竊私語。

風花本人雖然表現出不以為意的樣子，但我覺得很不開心，鼓起勇氣，正要挺身而出時，背著書包的平井大剌剌的走過來。

「前田！妳還在嘀咕的抓著這件事不放啊！這是靈異現象，大家不是都看到或聽到很多奇怪的現象嗎？」

平井環抱雙手，走到前田同學面前，平井總是像這樣保護著風花。

前田同學她們似乎也不想再跟平井糾纏下去，嘴裡一邊唸唸有詞的抱怨，一邊回家了。

平井緩緩鬆開環抱在胸前的手臂，回頭望了我一眼，大聲的說：

「我決定了！」

「決、決定什麼？」

「我們來組成『榮小七不思議調查隊』吧！」

明明是邀請我們加入的說法，卻連名字都取好了。

「真是個好主意！」

我還沒反應過來，一旁的風花已經躍躍欲試。

「對吧？對吧？」

得到風花的贊成票，平井的情緒更加雀躍了。

「要怎麼調查？首先要蒐集情報。」

兩人撇下我，自顧自的討論起來。

「風花有『感應能力』，所以應該能輕鬆的找到妖怪吧？」

「沒那麼容易啦！『看不見』是我的弱點。如果和『看得見』的小拓一起，應該就能找到什麼了。」

「等一下！和小拓一起？」

平井大驚失色的說，他大概很不希望我跟風花一起調查。

「等等！最可疑的時間，其實是我們不能離開教室的課堂上及放學後，所以這時不是應該要請小拓家的家守神出馬嗎？」

唉……他又自作主張了。

「啊！對了，今天老師要來我家訪問，我得快點回家才行。」

「家庭訪問？有這回事嗎？」

平井一臉狐疑的問道。

「咦？大家上學期時沒有做家庭訪問嗎？」

我還以為因為自己是轉學生，老師才會把家庭訪問的時間安排在下學期。

「沒有，我們沒有做家庭訪問。因為拓是轉學生的關係嗎？那你快回去吧！明天早上先集合，再開始調查，記得帶家守神來。」

雖然只是一時，平井仍保護風花免於前田她們的攻擊，所以很滿足的樣子。

要我帶家守神去學校？說得簡單！算了，回去再跟大家商量。

我在校門口與平井約好明天見面，接著原地解散。

我和風花在她位於壽商店街的家「克拉拉美容院」前道別後，獨自走向住宅區。低矮圍牆包圍下的大宅映入眼簾，這一棟上百年的老房子就是佐伯家。

「我回來了。」

拉開玄關的拉門，值完大夜班，已經回家休息的媽媽出來迎接我。

「歡迎回來。」

「老師就快到了吧！我來泡茶。」

爺爺要去商店街的蕎麥麵店學打蕎麥麵，所以白天經常不在家。

奶奶好像也出去了。

「奶奶去買東西嗎？」

「奶奶去參加朋友開的書法展，交代我『跟老師好好談談』就出門了。」

我回到房間放下書包，只見金魚小妹穿過我的房門走進來，臉上帶著氣沖沖的表情。

「小拓，蝴蝶姐姐今天一個人跑去學校對吧？好過分！人家也好想去！」

這時，蝴蝶姑娘也輕飄飄的穿過房門進來，顯然是追著金魚小妹而來。

「金魚小妹，我是為了填補多年來被關禁閉的空白，沒必要說我過分吧！」

「妳就是過分！人家不會飛，想去也去不了。」

兩人先是瞪著對方，然後雙雙「哼！」的撇開頭，要是請蝴蝶姑娘明天也來學校，絕對會大吵一頓。

「老師快來了，妳們先回本體。」

我想辦法安撫她們，這兩位小姐總算肯回和室了，我可以暫時鬆一口氣。

玄關的門鈴響起，老師來了。

「老師，拓承蒙您的照顧了。」

聽見媽媽打招呼的聲音，我也趕緊走向玄關。

「老師好。」我請老師進屋。

從簷廊看到拉門敞開的和室時，感覺老師好像稍微屏住呼吸。

「老師，這邊請。」

媽媽請老師坐在靠近壁龕那側的三人座沙發，按照禮儀，好像都要請客人背對著壁龕坐。老師準備坐下之前，雙眼直盯著壁龕和壁櫥的紙門。

總覺得靜不下心來。這也難怪，畢竟是家庭訪問，該說是理所當然嗎？但和室似乎瀰漫著一股緊張的氣氛……

「好漂亮的房子！」

老師遲遲不坐下，頻頻打量和室及庭院。

「庭院也好美，還有個古老的倉庫呢！花也開得五彩繽紛。」

庭院裡總是盛開著各式各樣的花卉，這個季節開滿了粉紅色及白色的大波斯菊。

「對呀！我也很喜歡從這裡看出去的景色。」媽媽也看著庭院，微笑的說。

「我去端茶過來。」媽媽走出和室。

與此同時，老師轉了一百八十度回頭，朝壁龕和紙門張開雙臂。

「各位！」

咦？什麼？

「各位，是我呀！是亞由美啊！金魚小妹！」

老師剛剛是不是喊了金魚小妹？

只見金魚從畫軸跳出來，在空中變成小女生的樣子。

「亞由美！妳是亞由美嗎？」

金魚小妹抱住老師……其實是衝向老師，然後就直直的穿過去了。

「金魚小妹！」

老師回頭，再次朝金魚小妹伸出雙臂，金魚小妹在老師面前跳來

跳去。

這是怎麼回事？

「老、老師，這是怎麼回事？」

我嚇了一大跳，呆若木雞，好不容易才從喉嚨擠出聲音來。

「拓同學，抱歉瞞著你，其實是……」

老師看著我，淘氣的笑了。這次連阿藤小姐、龜吉先生、鶴吉先生都出現了。

「真的是亞由美嗎？」

「妳長這麼大啦！」

「真是好久不見了。」

三個人都眉開眼笑的看著老師。此時，慢了一步才從茶壺跑出來的蝴蝶姑娘，不太高興的說：

「可以請你們說明一下，這是怎麼回事嗎？」

蝴蝶姑娘板著臉，替我說出我想說的話。

可是老師尚未開口，耳邊先傳來打開廚房門的聲響。糟糕！媽媽來了。

媽媽端著茶走進和室時，家守神皆已回到本體，老師和我也若無其事的坐在沙發上。

「老師，拓的表現還好嗎？是否有順利融入了新學校和新班級？」

「沒問題，拓非常適應新班級，彷彿原本就是我們班上的同學……」

媽媽把茶杯放在桌上後，開始和老師討論我在學校的表現，但我一直心不在焉，滿腦子都是剛才發生的事。

老師認識家守神……也就是說，老師跟我一樣「看得見」？

這麼說來……

我剛搬來這個家，還不知道家守神的真實身分時，曾經問過老師「認為世界上存在妖怪或幽靈嗎？」那時候我心想完蛋了，不該問老師這種問題。

老師卻毫不猶豫的回答：「我認為存在呢！」

當時我很驚訝，但是如果老師早就知道家守神的存在，會那麼回答也就不奇怪了。

等等……這麼說來，平井他們都說上學期沒有家庭訪問，難道老師今天來家庭訪問的目的，其實是來見家守神？

媽媽和老師熱烈的討論著我的事，終於討論到一個段落時，老師主動表示：「實不相瞞，我和拓同學的父親——佐伯雄一，我們以前是同學。」

「真的嗎？」我和媽媽異口同聲的說。

對了，老師說過她是榮小的畢業生。

老師說她上小學時經常和其他同學來這裡玩，後來父母離婚，老師和她媽媽搬走了，轉學後就再也沒來過這個家。

「那是二十幾年前的事，我也改姓了，所以雄一同學大概沒想到拓同學的級任老師，居然是他以前的同學。事隔多年，今天能再來府上打擾，實在很開心。」

「這樣啊！下次等雄一和公公婆婆都在家的時候，請您務必再來家裡一趟。」

「好的，我會的。」

接著老師回頭，看著壁龕說：「以前沒有那個茶壺呢！還有那個屏風……」

「那些都是暑假才從倉庫搬來的。」

「原來如此，話說回來，我真的好喜歡那幅畫軸啊！」

老師又回頭看了畫軸一眼。

「很高興今天能再次看到這幅畫。」

這句話彷彿是在對畫軸說的。

老師以柔和的目光盯著畫軸看了好一陣子，才依依不捨的移開視線，站起來說：「我差不多該告辭了……」

「亞由美！妳要走啦？不要啦！再多待一下嘛！」

媽媽就在這裡，家守神不能離開本體，但如果只是發出聲音，媽媽聽不見，所以金魚小妹不停的出聲挽留老師。

話說回來……沒想到楠老師居然認識家守神……

出乎意料的事實令我腦中一片空白，可是如果老師就這麼離開，難保金魚小妹不會衝出畫軸。

「老師，請等一下。」

該怎麼做才好……冷靜點！

我留住老師，拚命思考。

老師還是小學生的時候，不曉得什麼原因能看得見家守神，也因此和金魚小妹變成很要好的姐妹淘。久別重逢，今天他們一定有很多話想說。

「老師，要不要讓班上同學欣賞這幅畫軸？」

我靈機一動，說出這個提議。

「什麼？如、如果可以的話，自然是再好不過了……」

老師目不轉睛的看著畫軸，另一方面，媽媽則猛眨眼睛。

「你是說，你要帶這幅畫軸去學校？這樣好嗎？這可是祖先視若珍寶的寶貝！」

「拜託！我也會去懇求爺爺。」

老師也鄭重的對媽媽說：

「我也拜託您了！如果府上願意答應的話，晚上我會把畫軸鎖在櫃子裡。當然，這是建立在府上願意出借這幅畫的前提下。」

「真的嗎？」

「那我今天就先告辭了。」

老師向媽媽鞠躬道別，然後面向壁龕，小聲的說了句「再見」。還在媽媽沒注意到的情況下偷偷揮手。我一直提心吊膽，擔心家守神會跑出來，幸好大家都老實的待在本體。

「老師，這是家母剪下來要送給老師的花。」

媽媽在玄關遞給老師一把大波斯菊。

「哇！好漂亮！非常謝謝，我明天會帶去學校給大家看。」

老師很高興的收下花束。

「我送老師一程。」

留下送老師到門口的媽媽，我與老師並肩前行。

「拓同學，嚇到你了，不好意思啊！」

走出家門後，老師聳了聳肩說道。

「還好……」

其實我的心臟直到現在都還撲通撲通的跳，嚇到我的有兩件事情，首先是老師怎麼都沒有告訴我，她和父親是朋友，還有她竟然看得見家守神……

「老師看得見家守神嗎？」光是要說出這句話，我就好緊張。

老師似乎察覺到我欲言又止，冷靜的向我說明：

「你轉學過來的時候，我看到令尊的名字，我就知道你是搬來佐伯家的孩子了。只是沒想到……你居然看得見家守神。」

「老師也看得見吧？我太驚訝了……」

「今天有個半透明的女生出現在教室裡跟你說話，當時我就發現

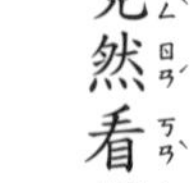

你跟我一樣，也看得見……可是啊，從我小時候離開這個小鎮到現在，從未遇過『看得見』的人。所以我的內心其實非常驚訝，一直在想跟你說話的女生是不是別的家守神。」

老師在學校裡明明沒有表現出任何異狀。

「那個女生剛才從茶壺裡跑出來了。」

「她是茶壺的付喪神——蝴蝶姑娘，老師以前來玩的時候，她還被封印在葛籠裡。」

「哦……原來是這樣啊！」

一時之間，我無法向老師說明解除封印後發生的一堆事情。

「可是老師怎麼看得見呢？佐伯家也只有我看得見家守神，而且不曉得到底為什麼自己有這種能力。」

「我也不清楚……」

老師停下腳步，眼神望向遠方。

「只是啊……小學的時候，我爸媽的感情非常不好，一天到晚吵架，所以我非常寂寞，常常想為什麼只有我們家總是吵吵鬧鬧的？就在這個時候，我突然看得見家守神了。那個時候，我真的很高興！所以我想到一個可能性，或許是家守神想拯救那些來到佐伯家，內心非常孤單的孩子。我認為，就算發生這麼不可思議的事也不奇怪，因為我也被他們拯救過，光是能看見他們就夠了。」

內心非常孤單的孩子……

老師這麼說的同時，我想起住在千葉的自己。當時我被班上同學欺負，感到很孤獨，很寂寞。然後……

我不禁陷入沉思，老師似乎想到什麼，看著我說：

「話說回來，你究竟想拿畫軸做什麼？」

在老師的逼問下，我只好告訴她，我和平井、風花組成「榮小七不思議調查隊」的事。

「嗯……原來如此。為朋友著想是好事，但是絕對不可以把別人當成犯人，也不能做危險的事，答應我。」

「沒問題。」

「那好。送到這裡就可以了，謝謝你。」

老師笑著拍拍我的肩膀，消失在商店街的人潮裡。

當天的晚飯時間，氣氛比平常更熱鬧。

「拓的級任老師就是亞由美？她當老師啦！我都不知道！」

「我還記得她，看起來有點落寞的孩子。」

得知楠老師是「亞由美」後，爺爺奶奶都露出極為懷念的神情。

大家七嘴八舌的聊了許多以前的往事後，我提起老師十分欣賞畫軸的事。

「拜託您，爺爺！請把畫軸借給我。」

我雙手合十的請求爺爺。

「嗯，讓孩子從小就接觸真正的古董，其實是一件好事呢！」

爺爺爽快的答應了。

很好，這麼一來，答應平井的事也能做到了。

明天告訴他們今天發生的事，他們一定會很驚訝吧？

第4章 金魚小妹去上學

第二天早上，爺爺從壁龕拆下畫軸，小心翼翼的捲起來，再由奶奶用大方巾包好，金魚小妹一定很興奮吧！

「金魚小妹，太好了呢！」

「金魚，別玩得太瘋。」

「如果妳離開畫軸，金魚的圖案就會消失，一定會引起大騷動，所以千萬別讓任何人發現妳離開畫軸。」

其他的家守神也趁家人不注意的時候跑出來，儼然家長一般，對金魚小妹再三叮嚀。

「學校是學習的場所。」

蝴蝶姑娘並未加入圍著金魚小妹的人群，一個人冷冰冰的說。看樣子是因為昨天討論楠老師的事時，唯獨沒有提到她，有點鬧彆扭了。

「我去上學了。」

我捧著包在大方巾裡的畫軸，為了履行與平井的約定，比平常提早三十分鐘出門。

「這是我第一次這個時間在外面走呢！」

一踏出佐伯家，金魚小妹就從布包裡跑出來，走在我旁邊。

「大家怎麼都匆匆忙忙的？」

金魚小妹東張西望的問我。

「因為必須在規定的時間內，抵達學校或公司啊！」

「小心點！」

哎呀，有個上班族穿過金魚小妹的身體。

金魚小妹氣沖沖的說，但他根本聽不見，應該也不覺得撞到什麼東西。

「金魚小妹，這個時間有很多行人，妳最好待在畫軸裡。」

但是，金魚小妹顯然很享受走在馬路上的感覺。

「不要！」

她任性的把頭轉到一邊。

看在其他人眼中，大概只會覺得我一個人在自言自語吧！

進入壽商店街，風花已經在克拉拉美容院前等我了。

「啊，有人在你旁邊吧！」

風花立刻察覺到金魚小妹的存在，摘下眼鏡。

「金魚小妹？」

「妳居然認得出來！真不愧是風花，這是金魚小妹的畫軸。」

我稍微掀開包著畫軸的布包給她看。

「風花，是我沒錯。」

金魚小妹站在我旁邊，一臉洋洋得意的說。當然，風花看不見她，也聽不到她的聲音，但仍然興高采烈的說：

「金魚小妹？妳在這裡呀！好高興妳能來。」

「聽我說，我聽到一件非常驚人的事。」

我與風花並肩同行，簡要的告訴她楠老師和父親是同學，和我同樣具有「看得見的能力」，認識家守神等事情。

「老師看得見……老師看得見家守神！真的假的？」

風花把眼睛睜大到不能再大，拚命的看著金魚小妹所處的地方，然後不可置信的搖搖頭。

「為什麼？老師為什麼看得見？」

「嗯，我也不清楚……老師說可能因為她也是『孤單的小孩』……」

見我語焉不詳的回答，風花難得大聲嚷嚷：

「小拓，這是最重要的關鍵！」

或、或許是吧！

「因為你們都是孤單的小孩，才具有『看見的力量』，但我覺得應該不只如此。這種事不問清楚，我是不會相信的。好，我現在就去問老師。」

風花撇下我，自顧自的加快腳步。

「風花，等等我！小拓，快追上去！」

金魚小妹不能離開畫軸太遠，頻頻催促我。

「等一下啦！」

我和金魚小妹追趕著身影越來越遠的風花。金魚小妹能穿過電線桿和人群，但我可沒有這個本事，差點就撞到人了，我踉蹌的往前跑，好不容易終於看到校門。

「金魚小妹，這邊這邊。」

我對金魚小妹招手，走向樓梯口。平井已經在那裡等待，正在與早我一步抵達的風花聊天。

「早、早安。」我用手撐著膝蓋，上氣不接下氣的打招呼。

「拓，你太慢了！」平井卻朝我發脾氣。

「你應該已經聽風花說了，我帶金魚小妹來了。」

「對呀，風花告訴我了。事不宜遲，這裡也發生了七不思議。」

平井一臉興奮的對我說。

「剛才操場突然颳起龍捲風！嚇了我一大跳！」

「什麼？龍捲風？」

今天明明是萬里無雲的天氣，怎麼可能會颳龍捲風？

「漩渦狀的龍捲風，聲勢驚人的從這裡捲進校舍，可是啊……」

平井指著鞋櫃說。

「我確實看見龍捲風進入校舍了。可是你看，明明颳過龍捲風，卻沒有任何東西被吹倒，或是遭到破壞損毀的痕跡，真是太令人匪夷所思了！」

「你的意思是，那是靈異現象，而不是自然現象的龍捲風嗎？」

風花摘下眼鏡，四處張望。裝飾著彩繪玻璃的樓梯口十分明亮，並沒有一絲詭異的氣氛。

「發生在學校的龍捲風——這確實是第六個七不思議。」

平井想證明刮傷前田同學課桌的人不是風花，但風花本人卻已換上室內鞋，走向教室。金魚小妹也足不點地的跟著她，剩下我們兩個男生，只好也趕緊追上。

「風花，妳不先檢查體育館嗎？」

風花彷彿沒聽見平井的聲音，頭也不回的往前走。

楠老師已經到教室了，她正在把大波斯菊插入花瓶。

「咦，大家早安，今天怎麼這麼早？」

「老師早安。」

金魚小妹大叫：「亞由美！」

老師顧慮到風花和平井，假裝沒發現金魚小妹。

「老師早安，我借來畫軸了。」

我把包著畫軸的布包遞給老師。

「風花和平井也認識我們家的家守神，所以不用擔心。」

「咦？啊，說的也是……所以才帶金魚小妹來學校嗎？」

老師接過畫軸，輪流打量平井和風花。

「對呀！我和風花暑假時解決了拓家發生的怪事，這次要調查學校的靈異現象……」

老師舉起手制止滔滔不絕的平井，接著嘆了一口氣。

「確實如大家所說，這幾年來學校發生了一些不可思議的事情。然而，昨天到底是不是靈異現象刮傷琴美同學的課桌，目前還不能下定論。」

「所以才要調查啊！老師。我們組成『榮小七不思議調查隊』，再加上金魚小妹的幫忙，一定能解開所有的謎團。」

「就是說啊！人家也會幫忙，一起加油吧！」

金魚小妹也握緊拳頭說。

老師笑著凝視自信滿滿的金魚小妹，把大波斯菊插入花瓶，再次叮嚀我們：「昨天我也跟拓同學說過，絕對不能做出危險的事，也不可以指控任何人是犯人。」

「好的。」我和平井回答。

這時，原本一直沉默不語的風花開口了。

「這些都不重要，老師！老師為什麼看得見家守神？」

風花突如其來的氣勢，讓老師有些不知所措的瞪大了雙眼。

「請告訴我！應該不只因為你們是孤單的孩子吧！」

風花緊迫盯人的往前跨出一步，臉上是前所未有的認真表情，甚至有點嚇人了。

「嗯……」

老師放開插著大波斯菊的花瓶，側著頭說：

「大波斯菊好漂亮啊！與秋風真是相得益彰。」

風花明明問老師為什麼看得見，老師卻像是避而不答。風花似乎也察覺到這一點，但仍不肯放棄。

「老師，大波斯菊很漂亮，但是我現在問的不是這個……」

老師看著風花，點點頭。

「妳知道大波斯菊為何如此美麗？為何與秋風相得益彰嗎？」

風花和我都不曉得老師想表達什麼，無言以對。

「不知道，就是覺得很漂亮。家守神對我而言，就是這樣的存在。能看見他們，與他們相處，我覺得很快樂，只是這樣就夠了。」

還是不清楚老師想表達什麼，風花肯定也聽得一頭霧水吧……她一言不發的盯著老師。

「抱歉，我再說得具體一點好了，從我第一次『看得見』的時候說起……」

我們所有人都屏住呼吸，等待老師娓娓道來。

「當時我剛好也是五年級，跟各位一樣，與班上同學一起去佐伯家玩。拓的父親雄一同學個性開朗，是班上的風雲人物。放學後不管男生女生，都會輪流去他家玩，他的媽媽也總是熱情招待我們。」

父親是人見人愛的類型，奶奶當時大概也比現在更有活力吧！

「可是突然有

一天啊……大家都專心的在玩佐伯同學剛買的遊戲時，我因為爸媽一早就吵架，沒有心情玩，一個人看著院子的花，發現倉庫的門開著，因為很好奇裡面有什麼，所以就跑進去了。」

倉庫……？倉庫當時應該封印著蝴蝶姑娘。

「裡面很暗，但是很安靜，所以不自覺的有一種安心感！我就在裡頭待了一段時間。」

「昨天來學校的蝴蝶姑娘，其實被封印在那裡面呢！」

「是嗎？我沒發現……因為我沒有走到後面。」

「就在枕屏風的後面，不過人沒辦法走過去。」

只有我和老師聽得見金魚小妹的聲音，所以我立刻轉述給風花和平井知道。

「上次去府上打擾時放在和室的屏風嗎？我小時候只看過背面，原來正面是雲的畫啊！總之，過了一陣子，我心想該回去找大家了，走出倉庫，就看到金魚小妹了。」

金魚小妹笑容滿面的聽老師話說從頭。

「也就是說，是突然看得見了。」

「當然，我那時候並不曉得她是付喪神，也不知道什麼是家守神。她的身體是透明的，所以我還以為是幽靈。而且當時佐伯家已經是很老舊的房子了，就算有幽靈出沒也不奇怪，可是我一點也不害怕。金魚小妹對我說『來玩吧！』我立刻就答應了。」

「我好高興亞由美可以看到我，眼睛睜得好大。當時我就知道，這孩子看得見我。」

「後來金魚小妹帶我去和室，這次連阿藤小姐、鶴吉先生和龜吉先生也現身了。我和大家說了好多話，大家告訴我，在很久很久以前，佐伯家能看見家守神的祖先，也是一個很孤獨的小孩，那個人跟我的感覺很像。」

「我也這麼覺得，雄一經常帶朋友回家，總是笑得很開心。所以，我還以為好孩子看不見我們。」金魚小妹說。

轉述金魚小妹說的話後，風花試探性的看了我一眼。

「果然就是這個原因嗎？那小拓呢？小拓也是那樣嗎？」

我確實也有過一段「很孤獨」的時期，可是就算我們是朋友，

不……正因為我們是朋友，我才不想說。

「老師早！」

「早安。咦，這不是平井嗎？你們來得好早啊！」

幾位同學走進教室。

「大家早。」

老師笑咪咪的向大家道早安，回頭對我們說：

「這件事先討論到這裡吧！」

老師把包著畫軸的布包放進櫃子裡。

風花不是很滿意這個結果，但是能逃過風花的追問，我的內心鬆了一口氣。

第5章

金魚小妹當隊長

第一堂課開始了，金魚小妹丟下一句「等等見」之後，就雀躍的離開教室，想必是準備要去學校探險。

金魚小妹平常就算離開本體，頂多也只能從佐伯家的和室走到庭院，今天換成學校能走多遠呢？能到達二樓或一樓嗎？如果去不了，頂多就是回來而已，就算走遠了，沒有實體也無法惡作劇，所以，我決定不去管她。

鄰座的前田同學咬著下脣，不時用手指輕撫課桌的刮痕。坐我後面的風花不知道在想什麼，下課時間也不曉得一個人跑到哪裡，一下子就不見了，她從早上開始就一直不太對勁。

上完第二堂課，有隻半透明的藍色蝴蝶從窗戶的縫隙飛進來，是蝴蝶姑娘，今天大概是等奶奶打掃完和室才來的。

風花顯然也感受到蝴蝶姑娘的存在，摘下眼鏡，以視線追逐著蝴蝶姑娘的動靜。蝴蝶姑娘先是停在老師桌上的大波斯菊，接著在旁邊幻化為少女的身形。

第三堂課的上課鐘聲響起，楠老師回到教室，過沒多久，金魚小妹也嘟著嘴走進來，就像小朋友搗蛋被老師抓到，帶回教室。兩人當然都注意到蝴蝶姑娘的存在了，老師假裝鎮定，金魚小妹則心不甘情不願的鑽進包著畫軸的布包裡。

「今天的國語課要上俳句。」

老師說完，便解開大方巾的結，拿出畫軸。

「什麼？什麼？」大家都好奇的圍觀，接著老師攤開畫軸，掛在黑板上。

「這是江戶時代的作品，是老師向佐伯拓同學家借來的。」

「你們家的東西？」

坐我前面的同學轉過頭來問我。

沒錯，老師就是為此才讓金魚小妹來學校，老師真正的用意是拿畫軸來上課，不愧是認真的楠老師。

「那麼請把課本翻到四十二頁。」

大家一起翻頁，老師在黑板上寫下俳句：

古池蛙躍入水聲
欲打蒼蠅求饒命

「這是松尾芭蕉和小林一茶創作的俳句，兩位都是江戶時代的人。繪畫及俳句能超越上百年的時光，帶給我們感動與力量，是不是很棒呢？」

金魚小妹她們的本體——那些畫軸和茶壺，也是信山勘兵衛在江戶時代製作與描繪而成。即使蝴蝶姑娘有點趕不上時代的變化，應該也會覺得這堂課很親切吧？只見她雙眼閃閃發光，聽得非常入神。

畫軸一直掛在黑板上，直到午餐時間，老師才捲起來，用大方巾包好。與此同時，金魚小妹從大方巾裡跑出來，離開教室。

蝴蝶姑娘也小聲的在我耳邊說：「我要回去寫俳句。」然後輕飄飄的飛走了。

一轉眼，時間就來到了放學後。

「接下來換調查隊出動了。」

平井興致勃勃的說。

「嗯，好的。」

我站起來，但風花還坐在椅子上，她的樣子好奇怪。

「風花，我們出發吧！」

平井又呼喚了她一聲，風花還是沒反應。

「妳哪裡不舒服嗎？」

平井不氣餒的觀察風花的表情，風花卻把臉別開。

「我沒事。」

「那就走吧！」

「我不去！」

風花一股作氣的站起來，抓著書包，走出教室。

「風、風花……」

「平井，今天就我們兩個去吧！」

最好不要惹現在的風花。

我大受打擊，抓住愣在原地的平井，離開教室。

我們決定先觀察教室所在的三樓。

五年級、六年級的教室，以及位於角落的電腦室，還有圖書室都沒有任何異狀。

我和平井像兩隻無頭蒼蠅似的東奔西找，不由得更加懊惱風花的缺席。如果風花在場，就算看不見，也能感應到「存在感」，應該就能循線找到我們要找的東西。而我，只有妖怪現身時才看得見他們，要是他們躲起來，我根本不知道該從何找起。

「再來是二樓。」平井說道。

正要下樓的時候，楠老師帶著金魚小妹走上來，一群人撞個正著。

咦？金魚小妹在哭？

「金魚小妹，怎麼了？」

「小拓！」

金魚小妹抽抽噎噎的抬頭看我，老師在一旁嘆氣。

「因為金魚小妹放學了還不回來，我有點擔心所以去找她，結果發現她站在體育館前的走廊上一直哭，她說她看到貓了。」

「貓？」

難道是野貓跑進學校裡。

「對呀！亞由美來的時候，貓咪已經跑掉了，但我確實聽見貓咪發怒的叫聲。」

金魚小妹怯生生的看著老師。

「嗯……我倒是沒聽見貓的聲音，金魚小妹很討厭貓吧！」

「對呀！」

我能理解金魚怕貓的心情。

老師偷偷的告訴我：「金魚小妹對貓有陰影，以前雄一同學養的金魚被野貓吃掉了！金魚小妹可喜歡那隻金魚了，所以好像受到非常大的打擊……從此以後，她就很怕貓了。」

為了讓金魚小妹冷靜下來，我們決定先回教室。金魚小妹走到包著畫軸的布包旁，擦乾眼淚，看起來好可憐。

我想讓金魚小妹轉換心情，於是改變話題。

「對了，金魚小妹，妳剛才到哪裡去了？妳離開畫軸，應該跑不太遠才對。」

「嗯，我剛剛在這棟建築物裡走來走去，就像以前在秋田的城堡那樣。城堡也差不多這麼大，可以到處走來走去，是說就算想出去也出不去。」

家守神的生態至今仍充滿謎團。

金魚小妹說著說著，終於稍微冷靜一些。

「今天就到此為止吧！拓同學和新之介同學也該回家了。」

經老師這麼一說，我才發現天色已晚，而且不只我愣了一下，金魚小妹也是。

「小拓要回家了嗎？咦，難不成亞由美也要回家？」

金魚小妹慌張的左顧右盼。

「我們不能一直待在學校裡。」

金魚小妹似乎沒想到這麼理所當然的事。

只見金魚小妹的臉皺成一團。

「難道……人家今天晚上要一個人待在學校裡嗎？才不要！我也要回去！」

糟糕，她又要哭了。

金魚小妹看起來確實還是個小孩，又看到最害怕的貓咪，肯定嚇壞了。

「平井，我實在不忍心讓金魚小妹一個人留在學校裡。」我拿起包著畫軸的布包，但是被平井搶了過去。

「慢著！為了解開學校的靈異現象，晚上一定要有人留守，可是我們又非回去不可……」

金魚小妹茫然的看著平井。

「也就是說……只能讓金魚小妹留下來了！」

「我不要！人家才不要一個人待在這裡！」金魚小妹抵死不從。

「看吧，她說不要。」

我不想勉強金魚小妹，問題是平井也不肯讓步。

「那就這麼辦吧！我任命金魚小妹為『榮小七不思議調查隊』的隊長！」

平井把布包放在桌上，左手插腰，右手直直的指著金魚小妹所在之處。

「隊長？隊長是什麼？可以吃嗎？」

金魚小妹不明白「隊長」的意思，但也察覺到自己似乎被賦予了某種任務，用充滿期待的眼神看著我。

「隊長是……對了，隊長是最偉大的人！」

「真的嗎？我最偉大？比鶴吉先生和阿藤姐姐還要偉大嗎？」

「對、對呀！」

「金魚小妹，這件事只有妳才辦得到。」

平井繼續吹捧，突然從書包裡拿出筆記本，封面寫著「（密）榮小七不思議調查隊」，平井翻開筆記本，寫下「隊長：金魚小妹」。

他是認真的，並非只是為了煽動金魚小妹而做做樣子。

金魚小妹在佐伯家的家守神中，算是所有人的妹妹，因此聽到自己比總是高高在上的鶴吉先生和阿藤小姐偉大，似乎讓她很高興。

「嘿嘿！那我一個人也可以！」

金魚小妹眉開眼笑的接下這個任務，不只變得幹勁十足，還擺出她最喜歡的卡通《少女戰隊ＡＸ》的招牌姿勢。

「為了以防萬一，我會把畫軸放進櫃子裡上鎖，但金魚小妹可以自由進出，所以應該沒問題吧？」老師說道。

所謂的「萬一」是指擔心有人或其他「東西」出現，破壞畫軸。萬一畫軸破了……邪氣從那裡入侵就糟糕了。

我想起暑假時，第一次看到遭邪氣入侵的蝴蝶姑娘，忍不住發抖。皮膚變成灰色，眼角往上吊，頭髮像蛇魔女一樣扭曲著，怒髮衝冠的模樣好嚇人，因為受到邪氣的影響，當時佐伯家的人也都變得很壞心眼。

抖抖抖抖——

「那你們快回去吧！我今天要開教職員會議。」

老師把包著畫軸的布包放進教室後面的置物櫃，並且鎖上，然後離開教室。

我們也準備回家，正要走出教室時……

「喵！」

走廊上突然傳來高分貝的貓叫聲。

「媽呀！」

金魚小妹嚇壞了。

莫非剛才那個就是金魚小妹說的貓叫聲？

「平井，你聽見了嗎？」

「咦，聽見什麼？」

我丟下一頭霧水的平井，打開教室門，只見兩隻貓與龍捲風，正以迅雷不及掩耳的速度從門口飛奔而過。

「拓，剛才那是龍捲風吧？七不思議的！」

「小拓，剛才那個就是我看到的貓！」

平井和金魚小妹同時鬼吼鬼叫。

金魚小妹似乎真的非常害怕，抓著我瑟瑟發抖。

「嗯，我也看到了！有兩隻貓跑過去。」

聽我這麼說，平井感到莫名其妙，於是反問：

「貓？哪裡有貓？我沒看到。」

咦？

「那貓叫聲呢？龍捲風出現前，你沒有聽見貓叫聲嗎？」

平井的表情越來越困惑，看起來完全摸不著頭緒。

「那不重要，先追上龍捲風再說。」

我們手忙腳亂的離開教室，衝向龍捲風和貓跑掉的方向。

走廊上靜悄悄的，如此激烈的龍捲風居然沒有留下半點痕跡。走廊盡頭是圖書室，圖書室的門也沒有被龍捲風破壞的痕跡。

「我來開門，你們兩個後退一點。」

平井躡手躡腳的開門，往裡頭窺探。

龍捲風可能會回頭，於是我提高警覺。

好像沒問題……平井踏進圖書室，我也尾隨在後。

「沒有異狀呢！」

書也都好好的擺在書架上，完全沒有受到龍捲風侵襲的痕跡。

不是這裡嗎？不，應該有什麼東西藏在裡面。我穿過書架與書架之間，四處查看有沒有可疑的東西。走在前面的平井突然大聲說：

「風花！」

風花蹲在地上，活像躲在書架後面，然後一臉尷尬的站起來，不知道為什麼，她逃避著我的視線，難道……還是不想見到我們嗎？

「原來妳在這裡啊！我好擔心！」

平井雖然嚇一跳，但是看到風花還是鬆了一口氣。

「風花，剛才有龍捲風，妳看到了嗎？」

「還有貓！」

明知風花聽不見，金魚小妹還是在我旁邊強調。

至於風花本人，則是扭扭捏捏的看著自己捧在胸前的書，依然不肯與我視線交會。

「龍捲風？又出現在操場上了嗎？」

「不是，是那邊的走廊。我們看到龍捲風跑進這裡了。」

「跑進這裡？剛才是瞬間有風吹過的感覺沒錯……」

風花有感覺？也就是說，那個龍捲風果然是妖怪之類造成的現象嗎？正當我想到這一點時……

「你們鬧夠了沒！圖書室禁止聊天！」

前田同學尖著嗓子說，走了過來。對了，前田同學是圖書委員。

風花大步走向前田同學，遞出一本書：「我想借這本書。」

書名是《一窺妖怪的世界》。

「那麼請到櫃檯填資料。」

前田同學接過那本書，趾高氣揚的往前走，我們跟在態度冷淡的風花後面。

「哇，有貓！」

這時，金魚小妹突然大叫。

「什麼？」

金魚小妹指著借書櫃檯上的書擋。

「這個叫作『書擋』，是用來支撐書本，避免書本倒塌的工具。」

櫃檯上擺了幾本書，還有名稱是「圖書委員推薦的書」。雕刻成貓咪形狀的金屬書擋，從左右兩邊支撐著這些書。

這對書擋互為對照，一邊是睡得又香又甜的貓咪，擦得亮晶晶，散發出金色的光芒。相較之下，另一隻貓咪則拱著背，齜牙咧嘴，看起來凶巴巴的樣子，而且這隻貓沒有擦得很乾淨，看起來髒兮兮的。

「佐伯同學，你喜歡這對書擋嗎？」

見我看得出神，前田同學問我。

「如果喜歡，可以看那邊牆上的圖書新聞。」

在前田同學的催促下，我走到貼在牆上的圖書新聞前：

「圖書室的好伙伴——為各位介紹 Mignon 與 Forte！」

放在櫃檯上的書擋是校長在古董店找到的寶貝，來自於法國的黃銅（跟五圓硬幣同材質）產品，散發著耀眼的金色光芒。睡覺的那隻叫「Mignon」，Mignon 是法文「可愛」的意思。另一隻叫「Forte」，Forte 是強大的意思。

「整理得很詳細吧！是我寫的！」

我念給金魚小妹聽，前田同學在一旁沾沾自喜的說。

「哦！那這些插畫也是前田同學畫的嗎？」

新聞上還有以卡通風格繪製Mignon和Forte的插畫——Mignon繫著蝴蝶結，眼睛水汪汪；Forte手裡拿著劍，看起來很強悍的樣子。

「對呀！」

「嗯哼，畫成這樣的話，看起來就很可愛了。」

金魚小妹輪流打量櫃檯上的書擋和圖書新聞的插圖。

這時，風花捧著書本，輕聲細語的說：

「古董——也就是說，變成付喪神也不奇怪呢！」

這句話令我恍然大悟。

剛才發生龍捲風前聽到的貓叫聲……我就覺得奇怪，聲音明明大到令人受不了，平井卻沒聽見，難不成……

第6章 雲的祕密

「還有，很快就要打下課鐘了，到時候圖書室就得關門，所以快點出去。」

我們一行人被前田同學趕出圖書室，與金魚小妹在五年二班教室前分開。

「金魚小妹，明天早上我會早點來的。」

「嗯！小拓，不可以騙人！」

要丟下剛剛看到貓咪，而且嚇得花容失色的金魚小妹回家，我實在很不忍心……

我頻頻回頭看著不斷朝我們揮手的金魚小妹，直到下樓離開學校，風花一路上不發一語，靜靜的跟著我們。

「那就明天的同一時間見啦！」

平井與我們在校門口道別，他很擔心風花，但風花並未對平井揮手道別，自顧自的大步往前走。我對一臉悲戚的平井舉起手，擺出一個「明天見」的手勢，趕緊追上風花，即使追上風花，風花仍低著頭，不願意看我，所以氣氛十分尷尬。

我們默不作聲的走了一段路，走到風花家的克拉拉美容院時，我感到如釋重負，然而臨別之際，風花突然抬起頭來。

「等我一下，我回去放書包，然後直接去你家。」

「咦？平井知道妳獨自來我家的話，一定會生氣吧？」

「我不能一個人去嗎？你奶奶也曾說過『隨時歡迎你們來玩』不是嗎？」

「是、是沒錯啦！」

風花推開美容院的門，放下書包，立刻又回到我旁邊。

「走吧！」

「嗯。」

她到底想做什麼……？

風花大步的走在前面，過沒多久就抵達佐伯家。

「歡迎回家！咦？風花也來啦……歡迎歡迎！平井同學沒有跟你們一起嗎？」

奶奶笑咪咪的出來迎接我們，換成平常，風花應該會精神抖擻的向奶奶問好，但今天的風花只是低著頭，神情落寞的回答：「我和小新又不是一定要黏在一起。」

這、這麼說倒也是……

「呵呵……說的也是。那就跟平常一樣，去和室吧！」

奶奶笑著帶風花走進和室。

奶奶關上拉門，去拿果汁時，風花嘆了一口大氣，在和室裡四處張望，我也跟著左顧右盼，拿掉畫軸的壁龕牆壁空蕩蕩的，看起來好冷清。

過了一下，蝴蝶拍著翅膀，從壁龕的茶壺飛出來，變成蝴蝶姑娘；花瓶伸出藤蔓，變成阿藤小姐；鶴也穿出紙門，變成鶴吉先生。唯獨具有實體的龜吉先生，謹慎的留在紙門上。

「是風花啊，妳好！」

「妳看起來有點沒精神呢！怎麼了？」

「金魚沒闖禍吧？」

明知風花聽不見，大家還是跟她說話。

「嗯……」

我想替她回答，但風花阻止我，衝到紙門上的烏龜前。

「龜吉先生，請你出來！」

風花的表情像是被逼到絕境，烏龜的圖案隨即從紙門上消失，慢吞吞的爬出一隻烏龜，變成龜吉先生。

「什、什麼事？」

「請告訴我如何得到『看得見的能力』？楠老師說『可能因為自己是孤獨的小孩，才看得見家守神』……真的是這樣嗎？」

龜吉先生被風花的氣勢嚇得倒退了好幾步。

「風花，妳冷靜點。先坐下來再說。」

在龜吉先生的安撫下，風花坐了下來，我也坐在另一邊，旁邊是龜吉先生，阿藤小姐和鶴吉先生站在屏風的兩側，蝴蝶姑娘則站在拉門附近。

「關於這件事啊，前幾天亞由美……嗯，楠老師來的時候，我也思考了很多的可能性。以下只是我的想像，大家姑且聽之。妳知道佐吉少爺也具有『看得見的能力』吧？他是小少爺的曾祖父，剛好在你們這個年紀的時候……」

龜吉先生的說明要回溯到距今九十年前，當時蝴蝶姑娘的本體——茶壺，因為壺嘴缺了一角，導致邪氣入侵，所以大家不得不把蝴蝶姑娘封印在倉庫裡。

「這麼做是為了保護佐伯家，當然也是基於想保護蝴蝶姑娘的心情。可是我每天都在想蝴蝶姑娘是多麼痛苦傷心……我一直思考有沒有其他更好的方法，阿藤小姐也把自己關在花瓶裡好幾天，不肯出來。」

阿藤小姐凝視著蝴蝶姑娘。

「不只阿藤小姐，連金魚小妹都失去笑容，我和鶴吉先生也過著一天到晚唉聲嘆氣的日子……」

別看金魚小妹平常精力充沛，發生事情時，情緒低落的狀態可不是你能想像的。其他的家守神都是大人，或許不像金魚小妹這麼消沉，但難過的程度肯定不相上下。

「就在這個時候，我們各自待在本體，怔忡不安的看著在院子玩耍的佐吉少爺。那天的天氣非常好，但是回過神來的時候，發現院子裡飄著一朵小巧可愛的雲，突然間，那朵雲『咻！』一聲進入佐吉少爺的身體。」

「什麼？雲？飄浮在空中的雲嗎？」

雲從空中降落，這種事會發生嗎？說到雲，我在自由研究製造「雲」，還有……對了！

「枕屏風上畫的『雲』！」

我們不約而同對後面的枕屏風行注目禮。

風花目不轉睛的盯著屏風……屏風上只剩一朵雲。

這座枕屏風和其他家守神一樣，都是畫師勘兵衛的作品，所以畫上的雲不是沒有可能脫離屏風，而且我以前看到的照片，雲的數量確實會隨時代而異。

「現在回想起來，進入佐吉少爺體內的雲，應該就是屏風上的雲。更令人驚訝的是……從那個時候開始，佐吉少爺就能看見我以外的家守神了。」

雲啊……也就是說，因為雲進入體內，所以才能看見家守神？

「當時我已經有實體了，所以很小心，不敢出現在家人面前。」

嗯，我和風花在和室時也很小心，擔心奶奶隨時會闖進來。

「那……楠老師和小拓能看得見家守神，也是因為屏風上的雲進入體內嗎？」

風花從頭到腳仔細的打量我……嗯，就算問我，我也沒發現有雲進入自己的體內，趁我不注意的時候嗎？哎呀，不知道啦！

見我滿頭問號，風花以前所未有的尖銳眼神看著我。

「我和鶴吉先生曾經去千葉試探小少爺。當時小少爺已經看得見鶴吉先生了。換言之，雲在那之前就已經進入小少爺體內了。」

「那時候屏風上的雲應該就已經少了一朵，不過，我沒有特別去數就是了。」

鶴吉先生的語氣有一絲憂鬱，我這才想起——對！這座屏風是為了封印蝴蝶姑娘，在倉庫製造結界的工具。所以，倉庫對家守神而言，應該是非常不想靠近的禁地。

聽到這裡，原本保持沉默的風花開口了：

「我明白『看得見的力量』祕密是在於屏風的雲了，但還是不明白佐吉先生與楠老師之間的關係。佐吉先生也如老師所說，是很孤單的孩子嗎？」

「是的。當時這個家的主人為了蒐集古董，花錢如流水，佐伯家就快破產了。即使消除邪氣，仍必須到處奔走，收拾爛攤子。這時，大人都沒有餘力陪伴佐吉少爺，所以他總是一個人玩。」

「佐吉是個天真無邪的孩子，起初雖然嚇了一大跳，但很快就跟我們變熟了，我們常常在和室及簷廊玩耍，尤其是阿藤，非常疼愛那孩子呢！」

「可不是嗎？因為我破掉的時候，把我修好的就是那孩子。」

聽說阿藤小姐的花瓶本體曾經倒下來過，脖子受了傷，當時年紀還小的佐吉先生連忙想把她修好，如果沒馬上修復，阿藤小姐大概也會遭邪氣入侵吧？珍惜物品的心情拯救了阿藤小姐。

「那小拓又怎麼說呢？小拓也是孤獨的小孩嗎？」

風花對我投以懷疑的眼神。看到她的眼神，我下定決心，打算告訴她我一直不想說的過去。

「事實上……我搬來這裡以前，在學校受到班上同學的欺負霸凌，也沒有朋友……或許是因為這樣，才能看見家守神。」

「咦？」

風花震驚得說不出話來，眼神飄忽的撇開臉。鶴吉先生在她身後看著我，點了點頭。

我不想讓任何人知道這件事，可是如果說出來能讓風花接受這一切，那也沒什麼好隱瞞的，而且說出來以後，居然覺得如釋重負，真不可思議。

「抱歉，讓你想起不愉快的回憶……」

風花說完這句話，又陷入沉默。

「沒關係，我們整理一下剛才的訊息。」

我輪流打量在場的所有人。

「勘兵衛為屏風描繪的雲原本有四朵，其中三朵跑出來，分別進入佐吉先生、楠老師和我的體內。拜那三朵雲所賜，我們擁有『看得見的能力』。因為我們都是寂寞的小孩，雲希望我們別再孤獨……是這樣的嗎？」

話說回來，雲不知是何時進入我身體的……

我又看了一下自己的身體，那一瞬間到底是什麼時候呢？我完全沒印象，楠老師大概也和我一樣。

龜吉先生用力點頭，就像烏龜轉動脖子。

「沒錯，所以我是這麼想的，每次出現擁有『看得見的力量』的孩子，其實都是我們家守神很難熬的時期，亞由美看得見的時候是金魚小妹的朋友死掉，她一直哭哭啼啼的時期，我們透過與佐吉少爺及亞由美的交流，也得到莫大的安慰。換句話說，我認為屏風的雲不只守護著佐伯家，也是保護我們家守神的存在。」

「咦……可是，那我呢？」

「小少爺，你不是幫我們帶回了最重要的伙伴嗎？」

龜吉先生淚光閃爍的看著蝴蝶姑娘，鶴吉先生和阿藤小姐也點頭如搗蒜。

原來如此，也就是說……

「你的意思是說，屏風上的『雲』會為了佐伯家及家守神，選擇能使用那股力量的孩子？」風花搶先一步說出我心裡所想的話。

風花站在屏風前，輕輕的伸手撫摸僅剩的那朵雲，喃喃自語：「我就不行嗎……？」

風花希望這朵雲能進入自己的身體裡，期盼能因此看見家守神。

可惜，雲並未離開屏風。

「不行啊……」

風花大失所望的跪坐在榻榻米上，我不知該對她說什麼才好。

「小拓，要把點心拿過去嗎？」

這時，簷廊傳來奶奶的聲音。

「我要回去了。」

風花發出微弱的聲音，緩緩站起來，低著頭拉開紙門，完全不看奶奶一眼，就從玄關走出去了。

「小拓，你和風花吵架了嗎？」

奶奶憂心忡忡的問我。

「沒有，我們沒有吵架……」

我只能這麼回答。

媽媽和父親也回來了，跟平常一樣，佐伯家的五個人圍著餐桌吃晚飯。

「拓，你讓班上同學看畫軸了嗎？」

爺爺問我。

「嗯，今天國語課時，老師拿給同學們看了，大家都說好厲害，畢竟是江戶時代的東西嘛！目前收在上鎖的櫃子裡。」

「這樣啊！那就好。」

爺爺一臉欣慰的咬下豬排。

這時我突然覺得，其實告訴家人「家守神」的存在也無妨。

家人都不知道家守神的存在，我想讓他們知道，多年來都是家守神保護著這個家。不，不對，我更想介紹家守神給大家認識。可是如果知道家裡有肉眼看不見的東西，大家還是會害怕吧？

因為就像這樣吃飯的時候，只有我知道他們不在這裡，可是其他人看不見，無從判斷他們在不在。若知道有肉眼看不見的東西，可能正在這裡看著自己、聽自己說話……想到這點，應該會讓他們坐立難安，可能還會覺得很恐怖！

我拿著筷子陷入沉思。

「拓，身體不舒服嗎？」媽媽問我。

我急忙回答：「沒有！這個豬排好好吃，所以有點捨不得吃完。」

「小拓真是的，嘴巴好甜啊！多吃點、多吃點！」

「老媽炸的豬排真的很好吃呢！」

「不夠的話，爺爺的也給你。」

大家都笑了。

嗯，或許現在還是維持現狀比較好。

在家人們熱情的招呼下，我吃了一塊豬排後，又再吃一塊。

第7章

學校的一天

第二天一早，我比平常更早出門，趕往學校。

金魚小妹應該沒事吧……

經過克拉拉美容院時，風花沒有在門口等我，想起昨天的樣子，她大概不想跟我一起上學吧……

我在樓梯口與平井會合，沒看到風花，平井完全不掩飾自己的失望，急忙走向教室。

「金魚小妹！」

我推開門，衝進還沒有人來的教室，卻不見金魚小妹的身影……

「平井，金魚小妹沒回答！莫非已經離開畫軸，在學校裡徘徊了嗎？還是……」

我擔心的走來走去，平井朝置物櫃大喊：

「隊長！金魚隊長！榮小七不思議調查隊報到。」

平井還對櫃子行禮！只見金魚小妹打著哈欠，穿過置物櫃的門跑出來，站在平井面前。

「金魚小妹，早安！有任何狀況嗎？還是身體不舒服？」

「好睏。」

金魚小妹揉著惺忪的睡眼，比平常更輕飄飄的在教室裡晃來晃去。

看見金魚小妹平安無事，我卸下心中的大石頭。然而，是什麼事令她沒睡好呢？

「昨晚有什麼動靜嗎？」

金魚小妹又打了一個哈欠，點點頭，開始說起昨晚發生的事……

「昨晚天黑後，我雖然很害怕，但還是鼓起勇氣在學校巡邏，結果發現一樓的大屋子裡面，有發光的東西在動。」

「妳是指體育館嗎？」

「我偷偷走過去一看，那兩隻貓果然在裡面。」

我將金魚小妹截至目前的報告轉述給平井聽。

「慢著，你們從昨天開始就一直提到貓咪，到底是什麼貓啊？」

平井激動的問道，嗓門越來越大。

「人家最討厭貓了，一個人又很害怕，但我是隊長，所以還是努力想弄清楚他們到底是何方神聖。」

「是昨天那兩隻貓嗎？」

「對呀！就是跑過走廊的那兩隻。」金魚小妹點點頭說。

嗯，那應該不會錯。我確定狀況之後，告訴平井。

「平井，龍捲風其實是付喪神，我猜是圖書室的貓咪書擋。」

「什麼！那對古董書擋是付喪神？」

「沒錯，付喪神能穿過物體，所以龍捲風經過時，鞋櫃和走廊並未受到破壞。之所以會消失在走廊盡頭，應該是進入圖書室後，馬上回到本體。」

「拓，真虧你能注意到這些！」

「風花說『變成付喪神也不奇怪』時，我就想到了。而且你看不見與龍捲風一起跑過去的貓，也沒聽見貓叫聲，再加上金魚小妹剛才說的……一切就水落石出了。」

「什麼嘛！我們都是調查隊的成員，如果有發現什麼線索，應該要告訴我啊！」

平井嘟嘟囔囔的發牢騷，拿出「（密）榮小七不思議調查隊筆記」記錄下來。

「抱歉！可是如果昨天在圖書室告訴你，我擔心金魚小妹會害怕，結果沒想到金魚小妹這麼勇敢！」

「嘿嘿！」

金魚小妹得意洋洋的表情真是可愛。

「這還用說！我們是守護佐伯家的家守神，他們只是普通的付喪

神，所以我覺得沒什麼好怕的，還跟他們說話了。」

「什麼！金魚小妹，妳好厲害！」

「我問他們『你們是 Mignon 和 Forte 吧？』結果其中一隻對我哈氣，嚇得我當場就想逃跑，可是另一隻發出很可愛的『喵嗚』聲。可見這隻是 Mignon，凶巴巴的那隻是 Forte。後來兩隻貓開始玩起地上的球，他們不停伸出爪子抓球，爪子還閃閃發光的呢！我雖然摸不到球，也一起跑來跑去，好好玩啊！」

「（密）榮小七不思議調查隊筆記」是為了弄清楚學校的七大不可思議怪談：會笑的人體模型、操場上的鬼火、破掉的肖像畫……

在無人體育館彈跳的球！

「原來那也是Mignon和Forte搞的鬼，金魚小妹，妳立大功了！」

「嘿嘿，還好啦！那兩隻貓其實經常打架呢！我們玩到早上，人家回畫軸，他們回圖書室，只不過……」

金魚小妹露出傷腦筋的表情。

「該怎麼說呢，那兩隻貓……」

聽起來似乎是很難用言語說明的事。

教室外逐漸喧鬧起來，同學們都來上課了，與金魚小妹的討論，或許暫時打住比較好。

「金魚小妹，謝謝妳。其他的晚點再聊。」

「我也這麼覺得，那我可以再回去睡一下嗎？」

「當然可以呀！如果妳醒來後，又想到什麼再告訴我。」

金魚小妹打了個大哈欠，消失在放著畫軸的置物櫃裡。

過沒多久，風花也和其他人一起走進教室。

「風花！我們有大發現！」

平井興高采烈的叫著，並跑向風花。風花還是低著頭，今天也表現出拒人於千里之外的態度。

「所以，也就是說，圖書室的貓咪書擋是付喪神，也是七不思議的真面目。」

平井向風花說明截至目前的調查結果，但是風花還是一臉狀況外的樣子。

「我知道那對書擋是付喪神。但七不思議是那兩隻貓做的好事？那琴美的桌子也是嗎？」

這才是最重要的問題，我與平井面面相覷。

「嗯！音樂室的肖像畫和前田同學課桌的刮痕，都是那兩隻貓用爪子抓出來的吧？」

我們走到前田同學的課桌前，凝視著刮痕。

「可是付喪神沒有實體，要怎麼刮傷課桌呢？」

「金魚小妹說，貓咪們會伸出爪子玩球。」

「是嗎……聽說那對書擋的本體是用黃銅做的……或許是黃銅的特性留在爪子上……」風花自言自語的說。

「沒錯，一定是這樣！人體模型之所以會發出笑聲，也是因為貓咪在理化教室用爪子抓東西，所發出來的聲響，讓人誤以為是人體模型的笑聲；而操場的鬼火，也只是爪子發光的樣子而已。」

就像金魚小妹走過時，會在地上留下水漬（雖然馬上就消失了）那樣。變成付喪神後仍保有本體的特性，是非常有可能的。

就像拼圖拼上最後一片，我深信桌上的刮痕就是貓咪的爪痕！

「太好了，風花！這麼一來就能洗清妳的嫌疑了！」

平井擺出勝利手勢。

「劃出這些刮痕的應該是Forte的爪子吧？那傢伙隨時一副要發動攻擊的架勢。很好，放學後去圖書室看看吧！」

與此同時，前田同學大叫：

「你們圍著我的桌子做什麼？」

看到我們圍著她的座位，前田同學火冒三丈的走過來。

「喂，前田！妳桌上的刮痕果然是七不思議之一。桌子重得跟石頭一樣……這麼一來就水落石出了！」

都這個節骨眼了，還要講冷笑話……想也知道，前田同學絕對笑不出來。

「這張桌子的刮痕是圖書室的貓咪抓的。」

平井不疾不徐的再說一次。

「什麼？圖書室的貓？你是說有野貓躲在圖書室嗎？」

前田同學目露凶光的看著平井。

「不是啦！是妖怪搞的鬼，圖書室裡不是有一對貓咪書擋嗎？那個變成名叫『付喪神』的妖怪了。」

既然已經知道真相，就要告訴前田同學，才能洗刷風花的冤屈。

「Mignon和Forte嗎？」

前田同學眉頭深鎖的說。

「書擋會動？我才不相信！你一定是受到風花熱愛妖怪的影響，我沒空陪你們講夢話。」

前田同學一臉失去耐性的聳聳肩，放下書包，頭也不回的走開。

上課鐘響起，我們只能各自回座。

接著老師也來了，揭開一天的序幕。金魚小妹一次也沒出現過，該不會一直在睡覺吧？

截至目前，上課時間從未發生過怪事，所以，兩隻貓咪似乎都是在放學後引發七不思議的現象。

「拓、風花，去圖書室吧！」

與其他的同學道別後，平井從靠窗的位置朝我們大喊。

「好的。」

聽見我們的對話，前田同學用凶狠的眼神看著我們。

「等等，你們要來沒關係，但今天輪到我當值日生。如果像昨天那樣吵鬧，我會趕你們出去！」

「好、好啦！」

本週由五年級的圖書委員負責借還書的工作，所以最好等她忙到一個段落後，再採取行動。

「先去其他地方打發時間吧！」

平井迫不及待的想衝出教室，我連忙阻止他。風花背起書包，正準備回家。

「風花，等一下！今天真的需要妳的力量。」

不只平井，我也想盡辦法留住態度冷漠的風花。

「我們一起檢討調查筆記嘛！」

我讓風花坐在位子上，示意平井拿出筆記本，一邊翻頁一邊整理截至目前的情報。

「也就是說，現階段我們已經知道六個不可思議怪談，還差一個。只要確定都是Mignon和Forte做的好事，問題就解決了。」

風花連書包也不放下，一聲不吭的盯著筆記本看。

這時，前田同學衝進教室。

「平井！平井在嗎？」

「什麼事？」

「跟我去圖書室，你剛才不是吵著說今天要調查嗎？佐伯同學和

風花也一起來！」

從未見前田同學如此驚慌失措……發生什麼事了？

「好，調查隊出動！」

平井「啪！」一聲闔上筆記本，意氣風發的在走廊上狂奔。走出教室前，我敲了敲置物櫃的門，小聲的叫醒金魚小妹：

「金魚小妹，妳醒了嗎？我們要去圖書室了。」

置物櫃卻沒有任何反應。

第8章

風花內心的矛盾

借還書的工作似乎告一段落了，圖書室已經沒有其他同學。

我和平井站在門口的時候還有些膽怯，緩慢的走進圖書室。

「你們看！」

前田同學從我們後面衝向借書櫃檯。

「不見了！」

我和平井也進入櫃檯，低頭看著書擋。

有幾本書掉在櫃檯下方，原本成雙成對的書擋少了其中一邊，睡著的貓咪Mignon不見了！另一面的Forte，則好端端的站在底座上。

「忙完借還書的作業，其他圖書委員回去後，我準備去關窗戶，突然聽到『砰』的一聲，回到櫃檯……」

因為少了一隻貓，所以前田同學立刻來找我們。

「這對貓咪可以拆下來嗎？」

平井用力拉扯Forte，想把Forte從底座上拔起來，但Forte一動也不動。

不知何時，風花走進圖書室，撿起掉在地上的書，把書放回去。

明明她最喜歡的靈異現象正在眼前發生，她卻絲毫不感興趣的樣子。

「瞧，果然是靈異現象吧！這兩隻貓經常會離開底座，跑來跑去。妳的桌子也是被這個金色爪子抓的。這麼一來，就能證明犯人不是風花了。」

平井洋洋得意的說。

「Mignon 確實不見了……」

前田同學從櫃檯內側拿出一張照片，那是圖書委員在這裡拍的紀念照，同學開心的把臉頰貼在 Mignon 身上，但如今卻已不見蹤影。

「但也不能因此就說書擋是妖怪。Forte 固定在底座上是一回事，Mignon 說不定可以拿起來。Mignon 很可愛，所以可能是被誰帶走了……沒錯，留下又髒又不可愛的 Forte 就是最好的證據。之所以拿不起來，可能只是因為生鏽了。」

前田同學望著剩下的 Forte，皺著眉頭說。就在這時……

「喵！」

Forte與突如其來的狂風一起離開底座，撲向前田同學。

「哇啊——」

Forte發亮的爪子似乎掠過前田同學的手。

Forte一著地，立刻以迅雷不及掩耳的速度跑出圖書室。

「前田同學，妳沒事吧？」

「好……好痛！」

過了一下，前田同學的左手背滲出血跡。

「快去保健室。」

「什麼？剛才那是怎麼回事？簡直莫名其妙！好痛……」

前田同學開始哭泣，風花一臉茫然的看著她。

「拓，你看見什麼了？」

「貓從書擋跑出來，你們看，Forte也從書擋上消失了。」

只有我看見衝出來的貓咪，也就是說，他們果然是付喪神。

我先思考現在非做不可的事。

「平井，請你帶前田同學去保健室。我去通知楠老師，風花去找貓咪。」

「說、說的也是。前田，妳站得起來嗎？」

平井扶著哇哇大哭的前田同學走出圖書室，但風花一動也不動。

「找貓咪？你明知道我看不見，你看得見，不會自己去找嗎？」

風花沒好氣的丟下這句話，跑出圖書室。

「風花，等一下！」

我不能丟下這樣的風花不管，可是當我走出圖書室，正要追上去時，有一道紅色的影子從我眼前穿過，是金魚小妹。

「小拓！怎麼了？剛才那個人是風花嗎？」

「快去追她。」

風花失魂落魄的站在五年二班的教室前，Forte 正以臉磨蹭她的腳。從書擋跑出來的時候太快了沒看清楚，咖啡色與黑色花紋夾雜的身體，是半透明的。

風花直勾勾的盯著應該看不見的Forte，不時的「嗯、嗯」點頭，嘴裡自言自語的咕噥著。

「Forte，離風花遠一點。」

我想抓住Forte，但手卻穿過牠半透明的身體。

「原來如此……這樣啊，你也很痛苦啊！」

風花蹲下，Forte跳到她的肩膀上。

風花站起來，Forte在她肩膀上張大嘴巴咆哮。

「嗷嗚！」Forte露出獠牙，朝我們威嚇。

「啊！」金魚小妹突然尖叫，躲到我後面。

「沒錯！Forte痛恨大家只喜歡Mignon。我懂，我可以感受到。Forte的心情進入我體內了。」

「風花。」

我想抓住風花的手，卻被她狠狠的拍開。

「好傷心、好難過、好寂寞、好嫉妒……討厭、討厭、討厭！」

風花抱著頭吶喊。

她的樣子好奇怪，待在Forte身邊，是不是刺痛了風花的心？

不行，必須將 Forte 和風花分開才行。

「振作一點！這樣太不像風花了，快離開那傢伙。」

「不像我？那要怎麼樣才像我？」

風花瞪著我說。

「從小到大，大家不是說我『好噁心』就是罵我『陰沉』，但我根本不在乎，因為喜歡的東西足以讓我樂在其中。可是，自從我知道轉學過來的你，具有看得見的能力……」

風花用悲傷的眼神認真看著我。

「我好羨慕你啊！真希望我也看得見！儘管如此，直到暑假之前，我仍覺得，只要能從你口中聽到家守神的故事，就很滿足了。」

「風花……」

「為什麼雲不肯進入我體內？」

風花看著我，表情因痛苦而扭曲，像恨我入骨。

眼前這個人跟平常的風花完全判若兩人，嚇得我只想後退。

「別再管我了！」

「嗷嗚！」

風花大吼大叫，Forte也齜牙咧嘴，拱著背撲向我，前腳的爪子閃爍著寒光。

「哇啊！」

我在千鈞一髮之際避開Forte朝我抓來的爪子，Forte一著地，立刻從走廊上跑掉了。

「啊，小拓，你……」

雖然只有一瞬間，我好像看見風花露出擔心的表情，她一定是要問我「你沒事吧？」，感覺Forte的爪子雖然沒有抓傷我，但她還是很為我擔心。

可是她隨即轉過身去，頭也不回的跑走了。

「風花，等一下！」

我對她逐漸遠去的背影大聲呼喚，風花卻頭也不回的走下樓。

「小拓，我好害怕！」

金魚小妹親眼目睹Forte攻擊我的瞬間，似乎大受打擊。

我回教室背起自己的書包，也帶著平井和前田同學的書包去教職員辦公室找楠老師，向她報告來龍去脈，一起前往保健室。

保健室裡，老師正在為前田同學消毒，平井往我背後不停張望。

「咦，風花呢？」

「啊……她說要先回家。」

「這樣啊……那傢伙到底怎麼了？」

我不知該不該告訴平井風花剛才的樣子，如果說了，平井大概會去追風花吧！但我不確定風花現在需不需要他的關心……

老師決定親自送前田同學回家，前田同學收拾東西回家時，表情十分黯淡，我還是第一次看到前田同學這麼沒精神的樣子。

「不要緊吧？」

「傷勢並不嚴重，所以不要緊，只是，我實在不敢相信剛才發生的事……」

前田同學摸著傷口上的紗布，嘆了一口氣。

「琴美同學，妳在這裡等我一下。」

老師一邊觀察前田同學的表情一邊詢問，確定前田同學點頭後，催我和平井離開保健室。

老師留下大眼瞪小眼的我們，獨自上樓。再回來時，手裡拿著裝有畫軸的布包。

「今天最好也帶金魚小妹回去。」

「不行，亞由美！我是隊長，必須留在這裡。」

金魚小妹表示反對，直到剛才都還很害怕的表情瞬間消失。

「已經有人因為學校的靈異現象受傷，太危險了，我不能再坐視不管。金魚小妹，我擔心妳就跟擔心班上同學一樣。」

「嗯，今天就一起回家吧！阿藤小姐她們也很擔心。」

發生了這種事，我不能讓金魚小妹一個人留在學校裡。

「那就回去吧……」

金魚小妹也同意了，我們在老師的目送下離開學校。

我捧著裝有畫軸的布包，在校門口與平井道別。

「小拓……」

金魚小妹從布包裡跑出來，無精打采的與我並肩同行。

「妳對貓咪的付喪神有什麼印象嗎？」

「沒有，所以我才想在學校多待一陣子。還想穿上小拓的衣服，在學校裡玩。」

「妳是說妳想實體化嗎？」

「對呀！我想用亞由美拿的那個細細的棒子畫畫，也想用外面的棒子跟大家一起吊來吊去。」

「細細的棒子」應該是指粉筆，「外面的棒子」則是攀爬架。

說的也是，金魚小妹那麼期待來學校，一定還有很多事想做。

「這樣啊……嗯，一定還有機會的。」

一想到金魚小妹穿著寬鬆的體育服，在學校裡玩耍的樣子，實在太可愛了，我忍不住嘴角上揚。

我們繼續默默的往前走。

今天真是混亂的一天……當時我還以為只要回家就能放鬆了。

可是，我想得太天真了。

第9章

雲從屏風裡跑出來了

風花就站在佐伯家門口。因為她先走一步，跑來佐伯家等我。

「有、有什麼事嗎？」

「小拓，啊，金魚小妹也回來啦！」

風花發現我手裡的布包。

「嗯，老師說今天先回家比較好……」

風花直勾勾的盯著金魚小妹所在的方向，然後說：

「妳在這裡吧？金魚小妹。雖然我看不見。」

「風花，有什麼事嗎？」

我再問一遍，風花還是不回答。

「要不要進來坐坐？」

從她的反應可以猜出來，她這趟不是來找我，而是來找家守神的。

「進來吧！」

等風花點頭後，我們一起進屋。

奶奶看到昨天逃也似離開的風花又來了，似乎鬆了一口氣，眉開眼笑的迎接風花。

「咦？小拓，那是畫軸吧？你帶回來啦！」

「嗯！老師說這麼重要的東西，還是趕快物歸原主比較好，我先掛回壁龕。」

「拜託你了。」

風花向奶奶問好，走進和室。

「各位，我回來了！」

金魚小妹衝進和室，家守神陸續現身。

龜吉先生今天很快就出現了。

「金魚，歡迎回來。妳一個人是不是很害怕？」

「有沒有乖乖的？畫軸有沒有受傷？」

「可有幫上小拓的忙？」

大家都很擔心金魚小妹，不停的觀察她的臉，檢查她有沒有受傷。

金魚小妹起初很高興能再見到大家，但隨即安靜下來，憂心忡忡的看著風花。其他的家守神也留意到她的變化，都凝視著風花。

「風花同學，妳看起來好沒精神，發生了什麼事嗎？」

龜吉先生把手放在風花的肩膀上。除了我以外，龜吉先生是現在風花在和室唯一看得見形體，並聽得見聲音的人。

但風花也不理他，默不作聲的站在枕屏風前面。

「只剩下這朵雲了。」

風花的視線前方是那朵雲，她盯著雲看了好一會兒，接著輕輕的舉起手，指尖湊近到幾乎要碰到那朵雲，對屏風說：

「我想看見，我想得到『看得見的力量』。我從昨天就一直在想，小拓和楠老師都看得見，為什麼喜歡妖怪的我卻看不見……我不能接受！求求你！求求你進入我的身體。」

沉默降臨在和室內。

「難道，你只肯進入寂寞的孩子體內嗎？問題是，寂寞的標準是什麼？怎麼判斷？家守神都在這裡，我明知他們存在，卻看不見。對我而言，再也沒有比這個更寂寞的事了。這陣子，我一直都好孤單寂寞，而且現在我和小拓、小新的感情也不再像以前那麼好了，這樣還不行嗎？」

咦？我們的感情不好？難不成……

原來如此，昨天風花一整天都對我和平井非常冷淡，原來是為了成為「寂寞的小孩」啊！即使要跟我和平井斷絕友情，她依然深切的期盼擁有「看得見的力量」。

金魚小妹下定決心似的站在風花旁邊。

「我也拜託你！求求你，進入風花體內吧！」

如果是家守神的祈求，說不定……

我和其他家守神都屏住呼吸，看著枕屏風。

可是，雲依舊不為所動，只是飄浮在畫中的天空裡。

「我果然還是不行嗎？」

風花咬住下脣，轉身背對屏風，默默的走到簷廊上，看起來非常落寞的樣子。

幫不上風花的忙，我覺得很懊惱，家守神一定也是同樣的想法。

大家的臉色都很灰暗。然而，就在這個時候……

「咦？」

我望向發出聲音的方向，蝴蝶姑娘指著屏風。

咦？

是我眼花嗎？我眨了好幾下眼睛。

好像不是我眼花，畫中的雲慢慢的開始移動，飄過描繪著雲的天空……離開屏風。

「什麼？」

或許是感受到氣息，風花回頭，同時，雲被吸進她背後……雲進入風花的體內了！所有人都目瞪口呆的睜大眼睛。

然而，比任何人都驚訝的是風花本人。

眼鏡後瞪大的雙眼，準確無誤的依序捕捉到原本看不見的金魚小妹、阿藤小姐、蝴蝶姑娘、鶴吉先生！

「我看見了……」

風花愣了一下子，然後露出燦爛的笑容。

「剛、剛才雲從屏風裡跑出來，進入風花的體內。」

風花已經聽不見我的聲音了。

「金魚小妹！阿藤小姐！蝴蝶姑娘！鶴吉先生！太棒了！這就是大家真正的模樣啊！」

風花仔細的打量著每一個人，並呼喚他們的名字。以前風花見過他們穿上佐伯家的衣服後實體化的模樣，但那是「暫時的模樣」，現在半透明的樣子才是他們「真正的模樣」。

「風花，太好了！」

金魚小妹手舞足蹈的在風花旁邊跳來跳去，其他的家守神也都以如釋重負的表情觀察她們的反應。

「那個……別太大聲，小心被奶奶聽見。」

「噓——」我用食指按住嘴巴。

「嗯，可是我真的好高興！」

風花縮著肩膀，稍微降低音量。

「可是，屏風沒有雲了，家人不會發現嗎？」

不愧是風花，總是能注意到我沒有注意到的地方。

「真不可思議！老照片裡的雲也會隨著時代改變數量，但我們家的人好像都沒有注意到這點。」

「這也是屏風的力量吧！」

鶴吉先生環抱著手臂說道。

「換句話說，是勘兵衛先生的力量。」

風花的思路十分清晰。

「我一定會用這股力量解開學校的七不思議謎團！那我走了，小拓，明天見。」

風花帶著滿臉笑容，對已經沒有雲的屏風深深一鞠躬，打道回府。

風花好不容易打起精神，我也放心了不少，平井一定也會很高興吧！不過，要是他知道風花剛才說她「刻意疏遠我們」，大概會很震驚……不不不，難得風花這麼開心，就別告訴他了。

送風花離開佐伯家後，回到和室，家守神憂心忡忡的看著沒有雲的屏風。

第10章 複雜的心

學校的七大不可思議怪談，最後還是讓別人受到傷害了。

前田同學受到相當大的打擊，今天會來上學嗎……

不知道Forte為什麼會變得那麼凶悍，如果不趕快想想辦法，可能會發生更嚴重的事。雖然風花終於擁有「看得見的力量」，但還是找大人商量，別自己處理比較好。

早上我在玄關穿運動鞋時，昨天發生的事和今後的事，在我腦海中輪流浮現又消失。

「小拓……」

我正要出門時，背後傳來細如蚊子的呼喚聲，回頭看，金魚小妹孤零零的站在院子裡。

「我今天不能去學校嗎？」

我非常能感同身受金魚小妹的心情，但昨天才發生過那種事，萬一貓咪抓傷金魚小妹的畫軸……

「抱歉，金魚小妹，今天就交給我們吧！」

「可是，人家是隊長……」

金魚小妹流下豆大的淚珠。

這時，蝴蝶姑娘穿過簷廊，輕輕握住金魚小妹的手。

「金魚小妹，跟我回和室，再從頭跟我說一遍貓咪付喪神的事，說不定有小拓他們沒留意到的細節。如果有，我再幫妳告訴小拓他們。」

「可是，這是人家的任務……」

金魚小妹不甘心的咬著下脣，蝴蝶姑娘見狀，莞爾一笑。

「金魚小妹曾經在秋田的城堡待過，想必見過殿下吧？殿下總是坐著，表現出沉著穩重的樣子。聽好了，不管現在還是過去，地位越高的人態度越鎮定，總是坐著命令其他人做事。我今天會為金魚小妹飛去學校，請下指令給我。」

「由我下指令嗎？」

金魚小妹聽到後，眼睛都亮了。

「好！那就先回和室召開『作戰會議』吧！」

蝴蝶姑娘對我眨眨眼。

蝴蝶姑娘，謝謝妳。

我放下心中的大石頭，出門上學。

從樓梯口走向樓梯，二樓，再走到三樓，我一路上鬼鬼祟祟的東張西望，沒有任何異狀。

看到比我先到學校的前田同學，我嚇了一大跳，昨天在保健室包紮的左手，紗布已經拿掉了，似乎也沒有傷口。

難道是右手嗎？

因為不好意思要她「給我看」，正當我不時偷看坐在旁邊的前田同學……

「怎麼了？」她瞪著我說。

「啊！沒什麼。」

「你想看我的傷口吧？可以啊，給你看。」

前田同學把手舉到我的面前，確實沒有刮痕。

「昨天回家，拿掉紗布一看，傷口已經消失了，真是奇妙。我爸媽白天都要工作不在家，所以老師還在聯絡簿上寫『不小心讓令嬡受傷了，真對不起。』但我沒給爸媽看。」

前田同學說到這裡，沉默了一下。

「還有……你看這個。」

前田同學輕撫桌面，我這才反應過來。

「桌上的刮痕也消失了。」

前幾天那些令人怵目驚心的痕跡，居然都消失了。

「嗯，剛才我也有問過老師，沒有換成別的桌子，可是啊……」

前田同學用手指撫摸原本刮傷的地方，對我說：

「這裡原本有刮痕吧？昨天發生的事並不是一場夢吧？」

「嗯……」

「看來只能相信你們說的話了。」

前田同學無精打采的低著頭。

雖然刮痕和傷口已經消失了，但是被Forte攻擊時的恐懼，大概還揮之不去，總是高傲的前田同學變得如此怯懦，害我都不曉得該跟她說什麼才好。

這時，耳邊傳來一聲朝氣蓬勃的「早安」，是風花。

「風花！我好擔心妳。」

晚她一步走進教室的平井火速的靠過來。

「早安！小新。」

風花開朗的樣子讓平井開心極了。

同時，前田同學也推開椅子站起來，哇，難道大家一看到風花，精神就來了？

「風花，妳很了解妖怪吧？告訴我這是怎麼一回事。」

風花被前田同學的氣勢嚇住了，但隨即換上笑臉。

「前田，妳願意相信這是妖怪搞的鬼了？」

「前田同學，既然如此，妳應該先為誤會風花是犯人的事，好好向風花道歉吧？」

前田同學啞口無言，說不出話來。

糟了，其他同學都在看我們……

「接下來等放學後再說吧！」

好不容易安撫好他們，讓他們各自回座。

但願放學前不要再發生任何事了……

上課鐘聲響起，楠老師走進教室。

轉眼間就來到放學後。

開完回家前的班會，前田同學緊迫盯人，頻頻回頭看著風花。

「桌上的刮痕消失了，我昨天不曉得被什麼東西抓到的傷口，居然也消失了，此事並不尋常！」

前田同學說道，同時讓風花看自己的手，再指著桌子。

「真的呢！」

風花不敢置信的睜大眼睛，陷入沉思。

「那對書擋果然是付喪神，但只有爪子有實體，所以會讓人受傷。可是琴美手上的傷當天就消失了，這表示付喪神製造的傷口，會自己消失，但桌上的刮痕卻過了好幾天才消失……」

風花開始自言自語，整理線索。

「這是風花最擅長的分析呢！但是我無法接受。總而言之，我只想知道真相，知道真相前，休想我向妳道歉。我想再去檢查一次那對書擋，你們也……」

還以為她恢復平日的囂張跋扈，不料音量越來越小，但還是驕傲的仰著臉。

「跟我一起去圖書室。」

「嗯，好。」

風花立刻答應。

「很好，榮小七不思議調查隊出發！」

平井已經來到我們的座位旁邊，伸出右手，手背朝上。

我伸出右手，放在他的右手上面，前田同學同學也戰戰兢兢的伸手，三個人的手疊在一起。

所有人看著風花，風花露出有些茫然的表情，輕輕的把手放上來，

太好了！我鬆了一口氣，忍不住眉開眼笑。

「好，大家走吧！」

「加油！」

我們受到平井的吆喝聲激勵，四個人一起走到圖書室前。

「我來開門。」

我接過前田同學去教職員辦公室借來的鑰匙開門，並偷偷摸摸的往裡面看。

空無一人的圖書室十分安靜，沒有任何可疑之處，然而……

「你們看，貓咪果然不見了！」前田同學高聲喊叫。

兩隻貓都從櫃檯上的書擋消失了。

「可能是藏在某個地方，我和風花去找找看，平井和前田同學在這裡等。」

不知道貓咪會從哪裡發動攻擊，他們看不見貓咪，太危險了。我和風花互看一眼，慢慢的走進圖書室，然後走到圖書室中間……這時，耳邊傳來啪啪啪的聲響，幾本書掉在地上。

「啊，找到了！」

「喵！」

我看見兩隻貓鑽到書架後面。

「風花，我看到貓咪了！妳從那裡繞過去！」

我打算與風花包圍貓咪，但風花卻很驚訝。

「咦？有貓咪嗎？在哪裡？」

「咦，剛才明明在那裡……」

我指著貓尾巴消失的方向，同時書架後面又傳來書本落地的聲音。

繞到書架後面，兩隻貓纏成一團，如亂麻似的倒在地上，每次扭打的時候，金色爪子都會撞到書架，讓書掉到地上，他們正在打架。

「Forte！Mignon！快住手！」

「吼！」

兩隻貓分開，Forte朝我齜牙咧嘴，擺出威嚇的模樣。

「喵……」

另一方面，Mignon很害怕。Forte正在欺負楚楚可憐，受大家喜愛的Mignon。Mignon應該是希望我們救牠吧！

「Forte，乖乖聽話！你昨天才讓前田同學受傷，今天又想傷害

Mignon嗎？前田同學的桌子也是你刮傷的吧？為什麼你要這樣傷害大家呢？」

必須快點阻止Forte才行，我再也不希望任何人受傷了。我鼓起勇氣，擋在Forte前面。不料……

「小拓，不是的！」

風花突然大喊。

「什麼？」

「嗷！」

Forte大叫一聲，跳到窗邊的書架上。

然後順勢跳上窗簾，用爪子撕裂窗簾。

「Forte，別這樣！」

我抬頭對Forte喊叫，這時，風花抱著頭，喃喃自語：

「Forte……在這裡吧？可是我卻看不到……」

風花……看不見貓咪。

第11章 圖書室的守護神

「雲明明進入了我的身體，我也已經擁有『看得見的力量』，為什麼卻看不見Mignon和Forte呢？」

風花大受打擊，我也不明所以，無法做出任何反應。

枕屏風的雲進入風花體內時，風花應該已經得到「看得見的力量」了。看到佐伯家的家守神時，她明明那麼高興……可是，為什麼現在卻看不見那兩隻貓咪呢？

「拓，風花！窗簾突然破洞了……是不是 Forte 做的？」

平井走到窗邊，檢查窗簾後面有沒有什麼東西，Forte 就在那裡，但是他沒有發現。

「仔細看，那裡在發光！是爪子，是那個爪子刮傷我的桌面，風花，快想辦法對付那傢伙啊！」

前田同學逼問風花，但風花無法回答。

Forte 從窗簾上跳下來，「呼……呼……」的直喘氣，瞪著我們。

Mignon 則縮著脖子，可憐兮兮的觀察周圍的動靜。

「風花，剛才妳對我說『不是的』那句話是什麼意思？不是 Forte

破壞前田同學的課桌嗎？」

風花這才抬起頭來。

「嗯……小拓，大家都誤會Forte了，我昨天接觸Forte的時候，感受到隱藏在Forte內心的想法。」

對了！昨天風花碰到Forte的身體時，很痛苦的說Forte的心情進入她體內了……

「喵……」

Mignon發出微弱叫聲，Forte豎起全身的毛，彷彿要嚇唬Mignon並低吼。Forte果然很危險。

「風花，怎麼說？」

平井窺探風花的表情，風花對平井投以求救的眼神。

「這個嘛……」

就在風花想告訴平井時……

「嗷！」

Mignon衝出圖書室，Forte也追上去，兩隻貓跑得太快，引起龍捲風，與貓一起消失在走廊上。看樣子，兩隻貓一起奔跑的時候會颳起龍捲風。

「我受夠了！我去找楠老師過來。」

風花阻止就要走向門口的前田同學。

「琴美，等一下！」

「等什麼？」

「我想弄清楚Mignon和Forte的心情。」

「什麼？已經很清楚了不是嗎？這對書擋的貓是妖怪，尤其Forte特別凶，得快點抓住他們，關進連爪子都伸不出來的籠子才行。」

關進籠子裡……有道理，現在已經引起這麼大的騷動，以後可能也會繼續惡作劇，正常人都會認為應該要把他們關起來，可是……

關起來，加以封印——這是家守神對被邪氣入侵的蝴蝶姑娘所做的事。與蝴蝶姑娘是伙伴的家守神，當時沒有別的選擇，可是封印了蝴蝶姑娘後，家守神只能默默守護蝴蝶姑娘沉睡的葛籠，長達數十年。

我們呢？就算現在把貓咪封印在某個地方，然後呢？我們過兩年就會從榮小畢業，無法再守護下去，畢業後就假裝不關自己的事嗎？

這可不行，那麼到底該怎麼做才好？

「總之那兩隻貓太危險了，窗簾就是最好的證據。」

前田同學抬頭，望向變得破破爛爛的窗簾。

風花站在前田同學身旁。

「這種殘破不堪的狀態不正是Forte的心情嗎？」

「咦，這個嗎？」

我和平井面面相覷，風花沉思了一下，然後下定決心似的抬起頭。

「小新、小拓，害你們為我擔心了……對不起。」

「妳突然沒頭沒腦的說什麼呀？」

風花對滿頭問號的平井微笑，目光真摯的看著我。

「小拓，我……我要把雲給我的力量還回去。」

什麼？還回去？她要把「看得見的力量」還回去？

「我要為這一切畫下句點，出去吧！」風花仰著臉說。

然後風花吸了口氣，閉上雙眼。

所有人都屏氣凝神的看著風花。

這時，風花頭上浮現出一團白白的東西，逐漸變成雲的形狀。

「是雲……」

是枕屏風昨天進入風花體內的雲。

想必平井和前田同學都看不見眼前的光景吧……只見兩人一臉呆住的模樣。

就連我也不明白眼前發生的事意味著什麼，為什麼？風花那麼希望雲能進入自己的體內，昨天好不容易才實現願望。

我抱著不知所措的心情，仰望著飄浮在圖書室內的雲。

同時，窗外閃過一道光，過了一下，那道光變成半透明的藍色蝴蝶，朝我們飛來，並穿過窗戶飛進來。

蝴蝶在空中翩翩飛舞後，在我身邊幻化成蝴蝶姑娘。

「風花要放棄『看得見的能力』嗎？」

「嗯……」

「小拓，誰來了？」風花問我。

「是蝴蝶姑娘。」

「我果然已經看不見了。」

「看啊，雲要回去了。」蝴蝶姑娘輕描淡寫的說。

雲輕飄飄的穿過緊閉的窗戶。

「風花……」

這樣好嗎？我想問她，但風花顯然早就料到我想說什麼，對我點點頭。

「晚點再說，先追上 Forte 和 Mignon 吧！」

「小拓，貓咪們在外面。」

蝴蝶姑娘說完就變成蝴蝶，輕盈的飛走了。

從窗戶往外看，花壇前確實有兩隻貓。

「兩隻都在外面，走吧！」

我們離開圖書室，風花和我一起走到二樓，丟下一句「你先過去」，轉身朝教職員辦公室和校長室的方向奔去。

二樓的教職員辦公室是二年級老師辦公的地方。對了，這個時間，學生幾乎都已經回家了，但老師還在，問題是，以前貓咪應該也會利用放學後在學校裡跑來跑去，然而，楠老師卻一次也沒看見，真是不可思議。

難道就如同風花看不見貓咪，楠老師也看不見嗎？即使雲進入她們的身體，她們也只能看見家守神嗎？

好像只有我（或許再加上佐伯家的佐吉先生）不只看得見家守神，

也能看見其他的妖怪，因為我們是佐伯家的人，雲的力量在我們身上才能發揮強烈的作用嗎？

繼續下樓，走出玄關，走到花壇前，Mignon小跑步的靠過來，仔細一看，我確實看得見這隻貓咪。我對Mignon說：

「Mignon。」

「喵。」

Mignon前腳併攏，一臉憂愁的看著我，身上長滿了米白色的毛，看起來好無助。

直覺告訴我，這隻貓應該不會抓傷我，我試探性的伸出手……這時，蝴蝶姑娘突然出現在我面前。

「小拓，金魚小妹要我轉告你。」

「哇！」

我的手穿過蝴蝶姑娘的身體，連忙縮回來。

「什、什麼事？」

「要小心 Mignon。」

蝴蝶姑娘模仿金魚小妹的腔調，模仿得唯妙唯肖。

「咦？Mignon 嗎？不是 Forte？」

「吼！」

Mignon露出獠牙，朝我發怒，好像知道我們正在討論牠。

「Mignon，抱歉！問題出在Forte身上吧？得讓Forte安分下來才行，大家正在想辦法。」

「小拓，金魚小妹要我轉告的話還沒說完。」

蝴蝶姑娘毅然決然的打斷我。

「不要冤枉Forte！是Mignon在惡作劇。」

什麼？是Mignon？這麼乖巧的貓咪會惡作劇？

風花趕了過來，我趕緊轉述蝴蝶姑娘的話。

「金魚小妹說惡作劇的不是Forte，而是Mignon，妳怎麼看？」

看到Forte剛才撕破窗簾的舉動，正常人都會認為前田同學、音樂室的肖像畫等所有破壞東西的靈異現象，都是Forte做的好事。而且，Forte還抓傷了前田同學。

風花確認過兩隻貓的存在後，點頭附和。

「金魚小妹說的或許沒錯，這隻是Forte吧！」

風花繞過花壇，走向Forte。

「風花，危險！」

平井阻止她。

「小新，別擔心！」

風花十分冷靜，對擔心的平井點點頭，接著在Forte面前蹲下。

「Forte。」

Forte齜牙咧嘴的「吼！」一聲，但是沒有撲上來。

「Forte，抓傷琴美和撕破窗簾確實是你不對，但那是因為大家都懷疑你，讓你覺得很不服氣吧？因為其他壞事明明不是你做的……你上次是這麼告訴我的吧？」

「嗷！」Forte發出怒吼。

真的不要緊嗎？

「Forte靠近我的時候，不只能感受到氣息，我彷彿還聽見Forte

的聲音。」

「所以，妳那時就知道不是 Forte 抓壞前田同學的課桌？」

平井追問。

「沒錯！Forte 也沒有弄破舒伯特的畫。」

「那到底是誰？除了這兩隻小傢伙以外，還有別的妖怪嗎？」

平井顯然傷透腦筋。

「沒有別的妖怪，是 Mignon 搞的鬼。」

什麼？

「Forte，到我這邊來，金魚小妹現在雖然不在這裡，但她應該也知道吧？」

「沒錯！Forte，過來。」

蝴蝶姑娘蹲在地上，拍拍自己的膝蓋，Forte跳上她的膝蓋，蝴蝶姑娘輕撫Forte的頭，Forte溫馴的閉上雙眼。

「現在是什麼情況？」

「Forte，你才不是什麼髒兮兮的野貓！古老的東西會有『味道』，那是因為經過許多人把玩過，是非常惹人愛憐的結果！」

風花看著我們所有人說。

「過來這裡之前，我先去了校長室一趟，詢問校長為什麼只有其中一個書擋擦得亮晶晶。」

聽到這句話，Mignon 豎起全身的毛。

「吼！」

Mignon 以前從未表現出這麼可怕的樣子。

「校長說，多年前他在壽商店街的古董店看到這一對書擋時，Mignon 和 Forte 都很骯髒，校長利用今年暑假研究擦亮銅器的方法，於是拿 Mignon 來試了一下。」

嗯，所以 Mignon 才會這麼乾淨啊！

「可是啊，試了以後才發現，雖然變得閃亮動人，卻失去了難得的『味道』，這樣就不像古董了。所以校長才故意不擦亮 Forte，保持原來的模樣。」

「妳的意思是說，Mignon 乍看之下很漂亮，但其實是舊舊髒髒的 Forte 更有價值嗎？」平井不敢置信的說。

「嗯……」風花陷入沉思。

「我不知道誰比較有價值，我只知道校長認為維持原狀比較好。他還說他擦完 Mignon，不經意的說了一句「失敗了」。Mignon 大概因此覺得很受傷吧！可是到了下學期，大家都稱讚 Mignon 好可愛，變得好乾淨，這次又換 Forte 吃醋了。

兩隻貓咪開始互相較勁，比誰比較可愛、誰比較受歡迎，結果弄得雙方都很不開心。」

「吼！喵嗚……」

Mignon痛苦的呻吟。

蝴蝶姑娘也對Mignon說：「來我這裡。」

Mignon放棄掙扎，走到蝴蝶姑娘身邊，坐在蝴蝶姑娘膝蓋上的Forte叫了一聲，兩隻貓把臉貼在一起，蝴蝶姑娘撫摸牠們的身體，Mignon很舒服的發出「咕嚕咕嚕」的叫聲，這時我發現一件事。

「對了，校長長得很像舒伯特！所以那幅畫才會被破壞啊！」

上學期的時候，那兩隻貓頂多就是離開底座到處玩，結果被傳成學校的七大不可思議怪談。可是放完暑假，只有 Mignon 擦得亮晶晶，兩隻貓咪開始產生競爭意識，所以課桌上的刮痕及龍捲風，都是下學期才發生的現象。

當時前田同學完成圖書委員的工作回到教室，Mignon 肯定是跟著她，抓花了她的課桌。

「校長雖然認為擦亮 Mignon 是失敗之舉，但他是指自己失敗了，Mignon 並沒有因此失敗，只要經過歲月的洗禮，Mignon 又會慢慢變成有味道的古董。」

金魚小妹與他們共度一夜，察覺到 Mignon 表面是安分守己的好孩子，私底下的心思卻很複雜；Forte 乍看之下凶狠粗暴，內心其實充滿悲傷。

Mignon 的表情逐漸變得柔和。

金魚小妹看上去雖然是個小孩，其實不然，她畢竟是活了上百年的家守神，我對她刮目相看了！而我呢，我只看到「看得見的東西」。

「接下來我們會好好善待 Forte 的，啊，不行，要一視同仁才行。你們都是圖書室的守護神，既堅強，又可愛！」

前田同學宣布——

「圖書室的守護神！」

聽到這句話，Mignon和Forte的眼睛都亮了。

「啊，可是窗簾怎麼辦？該怎麼告訴老師，窗簾破掉了……」

大部分的問題都解決了，還剩下這個問題。風花看著圖書室說：

「應該不要緊，大家回圖書室吧！」

回到圖書室，風花和平井一起把破破爛爛的窗簾從窗戶拆下來。

「以下是我的猜想……窗簾應該過幾天就會恢復原狀。」

「咦？怎麼說？」

前田同學露出不可置信的表情。

「因為琴美手上的傷口和桌子的刮痕都消失了，所以這也……」

我們看著風花手中的窗簾。

「痕跡很快就會絕跡了。」

聽到平井冷到不行的冷笑話，風花噗哧一笑。

原本繃得死緊的緊張感一瞬間放鬆下來，大家都笑了。

風花分析靈異現象、平井說冷笑話都是他們的「味道」，每個人都有自己的「味道」，嗯……這樣的感覺真好。

平井如釋重負的說：「風花，妳終於恢復正常了。妳從今天早上就怪怪的，我真的好擔心。」

今天的風花比平常更開朗，平井看起來也為她感到高興，但平井其實也察覺到風花跟平常不一樣的「怪」。

這時，我突然覺得他們之間有一股肉眼看不見的默契，等等，看不見？簡直跟家守神一樣嘛！

「風花和平井從幼兒園就玩在一起，很了解彼此，真令人羨慕。」

我老實說出自己的心情。

「我也是……」

這時，前田同學難得以微小的音量說道。

「什麼？」

但她隨即板起一張臉，低下頭去。

「琴、琴美？」

「風花，對不起！」

前田同學終於向風花道歉了，同時眼裡還積滿了淚水。

「我並不是討厭風花，我其實很羨慕妳，因為上學期佐伯同學轉學過來以後，你們和平井不是馬上就變成好朋友嗎？」

「什麼？既然如此，直說就好啦！」

平井露出不以為然的表情，但我明白前田同學的心情。

因為家守神的出現，我才能一下子就跟風花變成好朋友，但前田同學一直沒有那種打破僵局的機會。

風花似乎也有些震驚，隨即把面紙遞給不停啜泣的前田同學。

「我明白，我也曾經被『羨慕嫉妒恨』的情緒弄得不知如何是好，甚至無法壓抑自己的心情。」

「嫉妒啊……」

蝴蝶姑娘喃喃自語。

「我也有過這種心情。」

只有我聽見蝴蝶姑娘語重心長的聲音。

「我被關在倉庫裡很長一段時間，但這也是無可奈何的事，因為

守護佐伯家是家守神的使命，問題出在重獲自由之後……」

我還記得蝴蝶姑娘第一次來學校那天。

「這個世界跟以前完全不一樣了。」

蝴蝶姑娘長年待在倉庫裡，跟不上這個世界的變化。

「還被金魚小妹嘲笑……」

蝴蝶姑娘好可憐，可是……

「我想金魚小妹並沒有嘲笑妳的意思。」

金魚小妹不在這裡，我仍為她說話。

「即使沒有這個意思，但是聽在對方的耳裡，或許還是會覺得不開心。」

聽到我為金魚小妹解釋，風花自言自語。

「同為家守神，我當然也知道金魚小妹沒有惡意。可是，阿藤姐姐、金魚小妹、鶴吉先生和龜吉先生說著他們共同的語言，我卻插不上話時，難免還是會產生『豈有此理』的心情，這就是所謂的嫉妒。我拚命壓抑，不讓自己怨恨他們，所以才想來上學。」

原來如此……我覺得蝴蝶姑娘很了不起，但是卻沒能察覺埋藏在她內心深處的嫉妒。

「剛、剛才啊，蝴蝶姑娘……」

風花和平井聽不見蝴蝶姑娘的聲音，所以我想轉述給他們聽，但風花卻不讓我說下去。

「小拓，謝謝你！嗯，該怎麼說呢……或許有一天，我會希望你告訴我，但不是現在。」

眼鏡背後的雙眸閃閃發光。

風花下定決心，開始表明心意。

「我從小就能感應到妖怪的存在，看到妖怪的書會滿心雀躍，還畫下他們在我想像中的模樣，想像他們的模樣令我樂在其中。這時，小拓轉來榮小，知道你『看得見』以後，能和你成為朋友，分享我最喜歡的妖怪世界，我真的好開心！可是也有一股『好羨慕』的心情。到了下學期，得知楠老師其實也『看得見』，看到金魚小妹來學校，和小拓、楠老師聊天時，羨慕的心情越來越強烈……結果就變成了嫉妒。」

風花明明聽不見蝴蝶姑娘剛才講的話，卻表達出相同的心情，已經冷靜下來的前田同學，雖然不清楚原委，仍專心的聽著風花說話。

「那個……我很喜歡一位名叫三枝面妖的妖怪小說家，這位作家其實也跟我一樣，能感受到妖怪的氣息，卻看不見妖怪的身影。結果他為了得到『看得見的能力』，拋棄了最重要的東西——心愛的人。」

風花說到這裡，停頓了一下，大家都在等她說下去。

「老師曾說過，雲會進入孤獨的孩子體內，對吧？」

「嗯，對呀！」

「班上同學都說我是『怪人』，但我只是追求自己喜歡的事物，所以不在乎。」

「沒錯！風花就是這種人。」平井說道。

「嗯，小新總是站在我這邊，自從小拓上學期轉來後，妖怪同好也增加了。」

妖怪同好……算了，不跟她計較。

「可是，自從我知道『不夠孤獨』就『看不見』以後，我覺得你們兩個非常礙事。」

「我、我們很礙事嗎？」

「對不起嘛！」

她果然是為了讓自己變得孤獨，才故意跟我們保持距離。

「後來又聽說『看得見的力量』祕密出在小拓家枕屏風的雲，從此以後，我就再也無法壓抑這些心情了。」

前田同學已經徹底止住眼淚，靜靜的看著風花。

「所以我去小拓家請求雲，而雲也如願進入我的身體。」

風花摘下眼鏡，專心盯著蝴蝶姑娘所在的方向，她在感應蝴蝶姑娘的存在。

「於是我看得見家守神了，問題是……」

「看不見書擋的付喪神？」我戰戰兢兢的問道。

「嗯。」風花回答得很乾脆。

「看不見。我只能看見小拓家的家守神，我猜測楠老師應該也跟我一樣。」

我點頭附和。

「當雲的力量落在佐伯家的人，也就是小拓身上，才會發揮最大的作用，但如果不是落在佐伯家的人身上，就只能展現出一半的威力。」

看風花的表情，她真的已經放下所有的複雜情緒了。

「發現這一點時，我起初非常不甘心，我也想看見書擋的付喪神，好想好想看見！」

蝴蝶姑娘走到風花身邊。

「我覺得，風花非常堅強。」

一定得把這句話轉述給風花知道才行。

「風花，蝴蝶姑娘說妳很堅強。」

「呵呵。」

風花有點害羞，隨即又露出落寞的表情。

「即使看得見家守神，也看不見其他付喪神，意識到這一點時，我恍然大悟，這種『想看見』的欲望根本沒完沒了，而且……」

而且？

「我啊，果然還是想跟小新、小拓、琴美當好朋友。」

風花選擇了「朋友」，而不是「看得見的能力」。

「風花，也包括我嗎？」

前田同學又開始吸鼻子了。

「這還用說嗎？」

「謝謝……真的很抱歉！風花。雖然我們都說妳是妖怪迷，嘲笑妳又捉弄妳，但妳的表現總是落落大方，非常酷。」

前田同學與風花互相看著彼此。

要是龜吉先生也在這裡，一定會感動到熱淚盈眶吧！

「風花真了不起。」

蝴蝶姑娘替龜吉先生紅了眼眶，我懂我懂！我也很高興，高興得想哭了。

鶴吉先生經常說我「具有特別的能力」，事實上，看得見其他家人看不見的家守神，我也認為自己很「特別」，看得見風花和楠老師看不見的付喪神，直到剛才都讓我覺得自己很「特別」。

可是我卻沒發現，風花因為看不見而感到苦不堪言的心情，也不知道Mignon和Forte其實很痛苦。

怎麼回事？以前沒有過的情緒，突然在我心裡泛起漣漪。

「小拓？」風花擔心的看著我。

我現在和大家在一起，可是又想逃走。

風花寧願放棄看見家守神的能力，也要和我做朋友，但是……我值得她這麼做嗎？

能看見別人看不見的東西並不特別，我就完全沒有發現風花的心情不是嗎？我太自以為是了！

「唉！」我嘆了一口氣。

「嘆什麼氣啊！給我振作一點。」

咦？

阿藤小姐？

不是，是蝴蝶姑娘。呼……我忍不住東張西望。

「如果阿藤姐姐也在，她一定會這麼說吧？」

蝴蝶姑娘笑著說。

被蝴蝶姑娘罵了……能看見他們果然很幸運，可以聽見他們的聲音真是太好了。

「我也有很多看不見的東西。」

絕對不能忘了這一點。

Forte飛快的從蝴蝶姑娘的膝蓋上跳開，與Mignon靠在一起。

「我要回去了。」

蝴蝶姑娘從窗口翩然飛走。

兩隻貓開始圍著我們並肩狂奔。

「啊，龍捲風！」

突然颳起了龍捲風，龍捲風穿梭在圖書室的書架間。

或許是因為牠們沒有吵架，所以我還有閒工夫留意不讓爪子碰到任何東西，也沒有書本掉下來。

「咚！」

回過神來，龍捲風消失了，兩隻貓圍在我們的腳邊。

【尾聲】

幾天後，我們榮小七不思議調查隊和楠老師在圖書室集合，前田同學還幫忙洗好已經恢復原狀的窗簾，如今再次掛在圖書室裡，隨風飄揚，音樂室的舒伯特肖像畫，也已經完好如初。

「琴美被Forte抓破的傷口，第二天就消失了，但桌子的刮痕和窗簾的破損處，還有這幅破掉的畫，都過了好幾天才癒合，肯定是因為『人』與『物』的復原速度不同吧！」

風花對妖怪的分析比以前更加犀利。

「你們看，我把學校的怪談和恐怖主題的書籍擺在一起。」

前田同學神情愉悅的指著櫃檯。

Mignon 和 Forte 之間放的書是《妖怪與民間故事》、《發生在我們學校的七不思議》、《令和版都市傳說》等。

聽說這是風花給的建議。

「還有這個！」

前田同學在牆上貼了新的圖書新聞——

《你見識過幾個「榮小七大不可思議怪談」？》

(1)理化教室會笑的人體模型。

(2)操場上飛來飛去的鬼火。

(3)在無人體育館彈跳的球。

(4)破掉又復原的舒伯特肖像畫。

(5)校園裡突然颳起的龍捲風。

(6)從圖書室的書架上掉落的書。

(7)課桌上突然出現的刮痕。

這七個怪談各自附上令人毛骨悚然，卻又帶點幽默感的插圖。

「做得很棒！」

「嗯，挺厲害的嘛！」

楠老師和平井都很佩服，一邊翻閱，一邊讚嘆，就在這個時候——

「刷」的一聲，有隻鶴穿過窗戶飛進來，發出巨大的聲響。

「嗯哼，這裡就是圖書室啊！」

是鶴吉先生。

「喵——喵——」

Mignon 和 Forte 嚇得從書擋底座跳了下來。

蝴蝶姑娘也輕飄飄的飛了進來。

「你們就是大名鼎鼎的『圖書室守護神』啊？」

「很可愛吧！」

接著鶴吉先生和蝴蝶姑娘變成人形，兩隻貓靠了過來，看到依偎向自己的貓咪，鶴吉先生笑瞇雙眼。沒想到，原來鶴吉先生喜歡可愛的小東西。

「其實阿藤也說她想來學校看看，剛才龜吉……」鶴吉先生開始在楠老師耳邊說悄悄話。

等一下，奶奶今天要出門，家裡應該都沒有人在……等等，我有不祥的預感。

「真的嗎？那我出去一下。」

楠老師神色倉皇的離開圖書室，沒多久就帶著一群人浩浩蕩蕩的回來了。

「呼！生平第一次爬樓梯，真是難走得要命。」

「你們好呀！Mignon、Forte！」

「不愧是上學的地方，有好多書呀！」

是實體化的阿藤小姐、金魚小妹，還有龜吉先生！

龜吉先生肯定是在阿藤小姐的指使下，把媽媽的衣服蓋在阿藤小姐的花瓶，再把我的衣服披在金魚小妹的畫軸上，讓她們實體化，然後大搖大擺的過來學校……

「只好說是我認識的人，警衛才放他們進來。」

學校通常禁止不相關的人進入，或許他們自以為是我的家長，但是如果沒有楠老師護航，大概會被當成可疑人物，報警驅離吧？

打扮得不成體統的家守神們，全部聚集在學校的圖書室裡。

「老、老師，這些人是……？」

前田同學滿腹疑問的打量阿藤小姐。

「看什麼看！這孩子真沒禮貌。」

不愧是阿藤小姐，被盯著看也不害怕。

「我也想跟他們一起來，可惜佐伯家沒有我喜歡的衣服。」

新書展示區

這是大家的書
請愛惜
小心閱讀

蝴蝶姑娘似乎比較喜歡端莊的衣服。

「真好！蝴蝶姐姐可以無拘無束的飛去任何地方。」

金魚小妹對此表示不滿。

「我可不是來玩的！我是來學習的。」

「我也要學習，啊，找到了。」

金魚小妹發現放在圖書室角落的白板，開始用白板筆在上面畫畫，應該是《少女戰隊ＡＸ》的畫……吧！

「金魚小妹，那不是學習吧！」

蝴蝶姑娘糾正金魚小妹的認知。

「是學習！」

「不是啦！」

「夠了，這裡可是學校，要吵架回家再吵。」我忍不住開口。

「誰跟誰吵架？呵呵！」

「嘿嘿！」蝴蝶姑娘和金魚小妹相視微笑。

嗯，大家的感情真的好好，我知道啦！

現在這個時刻，已經跟看得見、看不見無關，在場的所有人一起談天說笑，我真的好高興。

我不經意的望向窗外，窗外有一朵白雲。

「啊！連屏風的雲也來了。」

那朵雲跟枕屏風上僅剩的一朵雲長得一模一樣，可是風花走到窗邊，仰望天空，聳聳肩說：

「小拓，那朵雲我也看得見，所以只是普通的雲。」

「這樣啊！說得也是。」

我看著風花的臉，不好意思的笑了。

平井新之介的 榮小 ㊙ 七不思議調查隊筆記

我是調查隊可靠的副隊長——平井新之介！
以下就稍微讓大家看一下我們最高機密的調查筆記內容吧！
絕對不可以告訴別人喔！

調查報告 1

負責人：拓隊員

學校七不思議的真相其實是「付喪神」，
至於那股不可思議的力量是？

學校發生了好幾起不可思議的靈異現象，
其實是圖書室的書擋付喪神做的好事！
他們的體質和家守神不太一樣。

圖書室的書擋

◉ 能以貓咪的姿態離開底座，自由活動，兩隻一起跑的時候會引起龍捲風。
◉ 爪子具有實體，能傷害人類及物體，但造成的傷口不久就會消失。

報告結論

付喪神的性質琳瑯滿目，請好好珍惜古老的器物。

金魚隊長的感想

Mignon 和 Forte
都很可愛，
我很喜歡他們！

調查報告 2

調查員：風花隊員

終於解開「看得見」的祕密了！祕密就在枕屏風的「雲」上面！

小拓和他的祖先佐吉先生、級任老師楠老師都有「看得見的力量」。原來那個力量的祕密在於佐伯家的枕屏風所描繪的「雲」上。枕屏風的雲原本共有四朵，其中三朵離開屏風，進入能保護佐伯家和家守神的小孩體內，賦予他們「看得見的力量」。

枕屏風（信山勘兵衛．畫）

佐伯佐吉　楠亞由美　佐伯拓

我也拜託雲，一度得到「看得見的力量」……可是最後仍決定放棄這股力量。我認為自己做了一件對的事，所以並不後悔喔！

報告結論

「看得見的力量」是枕屏風的雲給予的，而且那股力量只能用來保護佐伯家。

金魚隊長的感想

風花，等我實體化
再一起玩吧！

這是平井的調查筆記吧？那平井的報告呢……？

別在意那種小細節嘛！去尋找下一個謎團吧！

窗邊的男人·平井

加油！窗邊的男人·平井！

過度保護

※金魚小妹這時正和Mignon、Forte開開心心的玩耍呢！☆

故事館 012

家守神3：金色之爪與校園怪談

家守神 3：金色の爪と七不思議

作　　者　扇柳智賀
繪　　者　富井雅子
譯　　者　緋華璃
語文審訂　曾于珊（師大國文系）
責任編輯　陳鳳如
封面設計　李京蓉
內頁設計　連紫吟・曹任華

出版發行　采實文化事業股份有限公司
童書行銷　張惠屏・侯宜廷・林佩琪・張怡潔
業務發行　張世明・林踏欣・林坤蓉・王貞玉
國際版權　鄒欣穎・施維真・王盈潔
印務採購　曾玉霞・謝素琴
會計行政　許俽瑀・李韶婉・張婕莛
法律顧問　第一國際法律事務所　余淑杏律師
電子信箱　acme@acmebook.com.tw
采實官網　www.acmebook.com.tw
采實文化粉絲團　http://www.facebook.com/acmebook01
采實童書FB　https://www.facebook.com/acmestory/

ISBN　978-626-349-290-5
定　　價　320元
初版一刷　2023年6月
劃撥帳號　50148859
劃撥戶名　采實文化事業股份有限公司
104台北市中山區南京東路二段95號9樓
電話：(02)2511-9798　傳真：(02)2571-3298

國家圖書館出版品預行編目資料

家守神 . 3, 金色之爪與校園怪談 / 扇柳智賀作 ; 富井雅子繪 ; 緋華璃譯 . -- 初版 . -- 臺北市 : 采實文化事業股份有限公司, 2023.06
288 面 ; 14.8×21 公分 . -- (故事館 ; 12)
譯自 : 家守神 . 3, 金色の爪と七不思議
ISBN 978-626-349-290-5(平裝)
861.596　　112006340

線上讀者回函

立即掃描 QR Code 或輸入下方網址，連結采實文化線上讀者回函，未來會不定期寄送書訊、活動消息，並有機會免費參加抽獎活動。

https://bit.ly/37oKZEa

采實出版集團
ACME PUBLISHING GROUP